LA FILLE DU POULPE

FAUT PAS PRENDRE LES ENFANTS DE LA RUE POUR DES CONNARDS SAUVAGES

Du même auteur :

Outrage, Hugo roman, 2017
Décousue, 5 sens éditions, 2015
Another me, 5 sens éditions, 2017
Etat limite, 5 sens éditions, 2019
Accommoder au safran, JDH éditions, 2021
J'ai tangué sur ma vie, Magnitude, 2021

FAUT PAS PRENDRE LES ENFANTS DE LA RUE
POUR DES CONNARDS SAUVAGES
ISBN 978-2-8207-0315-6

Coordination de la collection par Sergueï Dounovetz

LA FILLE DU POULPE

Maryssa RACHEL

FAUT PAS PRENDRE LES ENFANTS DE LA RUE POUR DES CONNARDS SAUVAGES

LA FILLE DU POULPE
MOBY DICK ÉDITEUR

« Les femmes meurent souvent à petit feu du bon équilibre des hommes »
Violette Leduc

« J'aime le courage féminin, son ingéniosité à organiser une vie blessée. »
Sidonie-Gabrielle Colette

CHAPITRE 1
LE BILLY BURGER

« Vous avez passé un diplôme de “maîtrise de serpillère”, ma jolie ? » sort le vieux Boris à Carine, la serveuse du Billy Burger.

Le Boris, c’est un « client » de longue date. Il a loupé le coche avec la patronne y a plus de quinze ans, mais il s’est fait une raison, le jour où le père Marine lui a passé la bague au doigt.

Il n’a pas le choix, que de se rendre régulièrement dans ce boui-boui, c’est le seul endroit où il peut obtenir ce dont il a besoin pour supporter sa minable petite vie. Puis, ça lui permet d’être proche de son aimée...

Le vieux Boris porte un polo Lacoste bleu pétrole, certainement une contrefaçon, un jogging trois bandes et des baskets toutes neuves. Il n’est pas bien grand et doit avoir dans les cinquante-cinq balais, mais en paraît plus de soixante. Il attend la mort du vieux Marine pour prendre sa place. Il sait bien que ça arrivera tôt ou tard, mais quand et comment... mystère et *boule de flipper*. Il se dit qu'avec un peu de chance, il crèvera d'un cancer du pancréas...

Le vieux Boris regarde, les yeux vitreux, la petite Carine. Une expression salace déforme son visage, gencives apparentes, babines retroussées, dents ébréchées, yeux plissés... *et ongles incarnés*. Carine porte une longue blouse blanche, fermée par quelques pressions, rien dessous, à part son slip et son soutard en coton, comme demandé par le patron.

À chaque fois qu'elle se baisse, ou qu'elle met un pied devant l'autre, elle dévoile des morceaux de sa peau blafarde. *Chaud Boris, chaud...*

Le souffle court, la bave aux lèvres, il s'approche de la jeune femme et lui montre du doigt une tâche invisible : « Reste une tite trace ici ma jolie, reviens donc astiquer par-là ».

Carine ne dit rien. Elle supporte, encore et toujours, les réflexions des clients, comme celles des patrons. Elle n'a pas le droit de l'ouvrir, sinon elle risque de se faire virer. Elle n'a droit à rien, mais les clients, eux, peuvent la tripoter et lui pincer les fesses, c'est de bonne guerre, rien de bien méchant, paraît-il.

La serpillère glisse sur le sol. Sploch, sploch. « Faut que tout soit propre, très, très propre, qu'on puisse bouffer par terre », avait glapi Dame Marine, le premier jour d'embauche de la petite Carine.

***

La pauvre fille n'avait pas d'autres choix que d'éplucher, tous les jours, les annonces professionnelles qui lui passaient sous le nez ; Pôle emploi allait lui sucrer son chômage, et la CAF mettait un temps fou à traiter son dossier RSA.

Cette dernière regrette d'avoir répondu, par dépit, à cette petite annonce rédigée par Marine et publiée dans le groupe « Bon Plan Paris & IDF », que lui avait lourdement conseillée son petit ami. : « *Billy Burger, Rech serv exp pour service et entretien et plus si affin* », faut dire que le Marine, né dans les années 1960, avait gardé l'habitude des petites annonces dans le *Chasseur Français*.

Carine loue une piaule de bonne, 10 m², WC et douche sur le palier, vraiment pas de quoi se taper le cul par terre. Bien évidemment, pas de contrat de location, « ça ou rien »... Son proprio, impatient et près de ses deniers, n'hésiterait pas à la foutre à la porte en cas de non-paiement du loyer, même en pleine trêve hivernale. À Paris, plus qu'ailleurs, on prend les locataires pour des vaches à lait.

Lors de l'entretien d'embauche, Monsieur Marine, tout excité, la bave aux lèvres, avait louché sur *les roberts* de Carine. Elle, elle avait minaudé, tortillé du cul, montré ses belles dents blanches, et tous ses atouts physiques, pour obtenir ce qu'elle désirait. Appâter a du bon, puisqu'elle a obtenu le poste, non pas grâce à son expérience professionnelle, ça va de soi. Il lui a signé son contrat, sans période d'essai. Il lui a tendu le papier pour qu'elle signe à son tour, en lui disant : « Tu vas être bien, ici, ma petite ».

Carine en posant sa main sur la poignée de la porte du bureau, l'avait vivement remercié. En guise de réponse, il en avait profité pour lui tapoter « gentiment » ses jolies fesses rondes et bien fermes. Elle savait, Carine, qu'il faudrait qu'elle y passe, ça fait partie du « jeu ».

Marine, Marine, c'est pourtant joli comme nom ; petite brise légère en bord de mer... mais Marine, c'est aussi le nom des cuirassés qui polluent nos mers ; c'est aussi l'odeur du sulfure de diméthyle...

Les Marine ne sont pas des « gens bons », au contraire. Ils sont aussi mauvais l'un que l'autre ; racistes, homophobes, intolérants au plus haut point, des vieux de la vieille qui ne connaissent rien, des imbéciles qui se prennent pour des intellos... bref, des baltringues fiers et idiots.

***

Y a des traces de boue sur le sol, un gus a trainé ses grosses grôles sur le vieux carrelage blanc cassé.

L'eau boueuse pue le marais, mais, depuis plusieurs semaines, l'odorat de la pauvrette est en berne.

Elle laisse le balai-serpillère planté dans le seau, et retourne, en traînant les pieds, derrière le comptoir.

Le Boris l'attend devant la caisse. Elle soupire, et sans sourire, lâche d'une voix fatiguée, « 4,07 euros, Monsieur Boris, s'il vous plaît ». Elle attend sa petite monnaie, avant de tendre d'une main molle, le plateau en plastique fendu, contenant le burger et les frites insipides. Il est bien vu le Boris, il mange à n'importe quelle heure, moitié moins cher. À force de manger des aliments fermentescibles, il a le ventre prêt à éclater. Carine n'a pas de réduction sur les sandwichs, les burgers ou les frites, de toute façon, elle s'en fout, elle n'aurait pas voulu consommer ici, trop peur de choper la caquette. Mieux vaut parfois ne rien manger que de passer des heures aux toilettes.

Les patrons discutent « affaires », dans le petit bureau, pendant que Carine vaque aux siennes.

Les patrons sont craints, donc respectés dans le quartier.

Le Marine était flic avant d'ouvrir son troquet, qu'il a racheté à un boulanger-pâtissier. Il a trempé dans des affaires extrêmement louches durant son service. Affaires rapidement étouffées, bien évidemment, car elles entachaient la réputation de certains *politiciens pourris*, pléonasme. Il n'a pas été viré, c'est lui qui a pris la décision de se « reconvertir ».

La mère Marine sort du petit bureau, elle s'avance vers Carine, soupire et lui grogne : « T'as pensé à faire les sandwichs pour midi ? ».

— J'étais en caisse M'dame Marine, et j'ai dû passer la serpillère, car y a Monsieur Lomagne qu'à tout cradé en rentrant avec ses chaussures de sécurité.

— Quoi ? Lomagne est passé ? Qu'est-ce qu'il voulait ?

— Un burger M'dame Marine...

— Je t'ai dit de ne rien lui servir et de nous appeler quand il se pointait. Tu peux pas écouter un peu ?

La v'là à gueuler des mots dévalorisants et orduriers. Par la porte, elle vocifère à son vieux que Lomagne est passé. « Je lui ai dit qu'il fallait qu'elle nous appelle, lorsque Lomagne se pointe, mais rien à faire, elle est bête comme une oie. »

Lomagne est un des sous-fifres des Marine depuis quelques années. Bandit dans l'âme mais bon garçon dans le fond. Lomagne doit frôler les soixante balais, il a la tête de l'emploi, son visage est blindé de cicatrices. Il ne pèse pas bien lourd, les gens nerveux sont souvent maigres comme des échalotes. Il n'a jamais été méchant avec Carine, sauf quand il lui a manqué de respect en laissant de longues traces de boues sur le carrelage qu'elle venait de laver.

Un gros coup de poing, donné dans le burlingue, résonne dans tout le boui-boui. La mère Marine quitte le bureau, furax, elle ressemble à une vieille péripatéticienne à la retraite, avec son maquillage trop voyant, sa coiffure trop extravagante, et pour ne rien gâcher au tableau, elle porte fièrement son gros manteau en vison. Ses talons claquent sur le carrelage. Elle bouscule Carine au passage et ne s'excuse pas. La harpie ne parle pas, elle aboie... « Pire qu'une paire de couilles celle-là, toujours entre les jambes ».

Carine, les larmes aux yeux, s'active derrière le comptoir.

Boris vient de finir ses frites, sa bouche dégouline de gras, il essuie le surplus d'huile avec une serviette en papier tachée de sauce. La mégère s'approche du vieux, lui chuchote quelque chose à l'oreille. Il hoche la tête, pince les lèvres et regarde d'un air *de repos,* sa dulcinée partir.

Paule Marine quitte le Billy Burger à 11h45.

Cette scène de vie privée ne s'arrête pas là, tel un Vaudeville, v'là le patron qui sort, à son tour, d'un pas assuré. Tout en marchant, il boutonne sa chemise blanche et finit par remonter la braguette de son pantalon en velours marron. Monsieur Marine avance vers le vieux, le souffle court et rapide, comme un taureau enragé. Les semelles de ses mocassins crocos tapent sur le carrelage. Marine tend une grosse enveloppe au bougre qui s'empresse de la fourrer dans son sac à dos abimé. Marine lui donne une bourrade sur l'épaule. « Allez ! Casse-toi et ramène ce que je t'ai demandé, sinon tu prends mon poing dans la gueule ». Boris marmonne quelques paroles incompréhensibles, puis, se lève, tête basse, queue entre les jambes... Il laisse ses déchets sur la table, et sort du troquet à 11h50...

Du coin de l'œil, Carine observe son patron qui se dirige vers la porte d'entrée.

« Complètement hasbeen le loubard, il s'est cru à Chicago. » Pour se remonter mentalement le moral, et ne pas se laisser envahir par la crise de panique qui pointe le bout de son nez, elle essaie, comme elle peut, de sortir le comique de cette situation.

Rien n'y fait... Le cœur qui bat à cent mille à l'heure, la sueur qui perle sur son front, la peur qui lui contorsionne les boyaux, Carine gratte du bout de l'ongle de son index droit, la petite tache blanche sur le rebord du tiroir-caisse.

Marine s'approche de Carine, qui a lâché la *petite tache blanche* pour se consacrer à la préparation des sandwichs de midi, même si la porte du Billy est close à l'instant précis... Les « clients » ne viennent pas déjeuner, ils viennent pour tout autre chose, à part deux-trois clampins, perdus dans le coin, qui pousseront la porte du Billy Burger guidés par la faim.

Carine pose devant elle les ingrédients pour composer ses menus du midi : tranches de jambon bon marché qui sentent le pet ; beurre congelé ; salades de fin de cagettes, *pas de déchets*... saucissons trop gras ; mayonnaise industrielle trop salée, steaks insipides, brioches rances...

« Alors comme ça, tu n'écoutes pas quand on te cause ? Qu'est-ce t'as dans la caboche ? En même temps, on ne te demande pas d'être intelligente, tu vas me dire... » lui beugle Marine en riant fort. Il pose sa main sur son ventre gonflé, et lâche un pet odorant. « Viens donc me détendre, j'ai eu une matinée de merde », qu'il lui lance avec de la bave blanche séchée au coin des lèvres.

Carine suit le patron dans son bureau. Pas un bureau de ministre, juste un petit cagibi avec un burlingue, une armoire beige dégueu et une pile de cartons... Un ordinateur portable dernier modèle, qui dénote avec la précarité du lieu, est posé sur l'une des piles de cartons.

Marine s'assoit au bord de son bureau. Le contreplaqué grince, prêt à céder... Fort heureusement, il a eu la présence d'esprit de ne poser qu'un demi-*globe* sur le meuble.

Carine espère que le père Marine va, cette fois,

la payer, et pas seulement en « liquide »... Elle attend sa paie depuis le mois dernier.

Il est presque midi quand Marine passe à l'action. « Quitte donc ta blouse ma jolie, et mets-toi au travail ». Carine obéit... elle a l'habitude, elle taille des pipes comme d'autres jouent aux dominos, si y a que ça pour gagner quelques euros.

La respiration du vieux se fait plus rapide, il est gras et rose comme un loukoum. Il transpire. Il sent fort. Carine obéit sans rechigner, la nausée au bord des lèvres, l'estomac en vrac... elle fait glisser sa blouse sur le sol.

Paule, la femme de Marine, ferme les yeux. Elle se fout des fornications de son mari, ça lui permet d'avoir la paix. Si elle était moins aigrie, elle pourrait remercier « l'employée du mois » qui se plie aux obligations sexuelles à sa place.

Carine jette un coup d'œil rapide au cuisinier italien à moustache qui tient une horloge, accroché au-dessus du bureau de Marine. Elle se dit qu'avec un peu de chance, dans dix minutes, tout sera terminé. Elle regarde les aiguilles tourner autour du cadran, elle se concentre, elle ne voit plus qu'elles. Ne pas penser, laisser le corps agir à la place du cœur, du ventre et de l'esprit.

Le vieux Marine se lève, s'approche de Carine et passe ses mains sur les fesses de la jeune femme. Il dit des trucs qu'elle ne veut pas entendre, alors, comme d'habitude, elle ferme ses esgourdes. Les sensations, elle ne les sent plus, les mots, elle ne les entend plus, tic-tac fait la trotteuse en avançant trop lentement.

Le vieux passe derrière elle, il la bascule sur le bureau, les fesses à sa disposition. Il respire de plus en plus fort et enfonce sa petite merguez dans le séant de la belle. Il laboure sa matrice, loin d'être prête à exploser vu la taille de « l'objet ». Carine laisse faire, dans cinq minutes, « horloge dans les mains du cuistot », tout sera terminé. Tic... tac...

L'homme jouit dans un râle immonde, presque inhumain, un dérivé de *katajjaniq*. Il lui donne une tape sur le cul avant de remonter son futal, c'est terminé.

Carine donne un coup de torchon sur le reste de sperme qui glisse le long de ses cuisses.

Il est midi dix, lorsqu'un bruit sourd retentit dans la salle principale. Pourtant, la porte était fermée à double tour, elle a bien vu Marine tourner la clef.

Carine ne bouge plus, tétanisée... La main tenant fermement le chiffon collé contre son entrejambe. Elle jette un coup d'œil à Marine qui sort précipitamment du bureau.

Carine entend des voix d'hommes. Ça se frite dans le Billy. Elle cherche du regard un endroit où se planquer. Y a le placard, trop petit... ou sous le bureau étroit, trop voyant... Elle est faite comme un rat... La porte du Billy se ferme, le patron revient, rouge comme un dyscophus antongilii, il transpire à grosses gouttes. « T'es pas encore sapée petite conne ? Bouge-toi donc, on ouvre dans dix minutes, et tu iras me chercher à l'appartement, une enveloppe qui doit être posée sur la petite table basse... Bouge-toi ! »

* * *

Ce soir-là, Carine ferme le Billy burger à vingt-trois heures. Il est tard, elle a froid. Elle remonte le col de son vieux manteau usé. Il se met à pleuvoir, mais elle n'a pas assez de thunes pour se payer un tacot. Carine est fatiguée, son sac trop lourd meurtrit son avant-bras.

* * *

C'est sur les coups de deux heures du mat' que des détonations ont retenti au 6 bis rue du Pavé d'Andouilles. Monsieur Marine a été retrouvé mort, la tête dans le four à pain, les miches à l'air, 2 bastos de PA-MAS 9 mm GI dans la tronche.

CHAPITRE 2
D'ABORD ON PLANTE LE DÉCOR...

Il est neuf heures trente et des poussières, lorsque je pousse la lourde de « la Sainte-Scolasse », l'ex-QG de Gabriel, mon dab par procuration. Commençons par les présentations... Je m'appelle Gabriella et j'ai bientôt vingt-quatre piges, le reste suivra... Je suis soutenue par deux hommes formidables, deux vieux qui pourraient être mes « papas », s'ils avaient vingt ans de moins. Raconté comme ça, on pourrait croire qu'ils sont en couple, il n'en est rien, ils sont juste, « amis pour la vie », comme on dit.

Cependant, avec Gabriel, tout est possible. Gabriel m'a raconté, une fois, *sans accent belge,* qu'il avait eu une sexualité débridée pendant ses jeunes années. À l'époque, on ne s'étiquetait pas, on vivait, c'est tout.

Quant à Pedro, c'est différent, mieux vaut éviter de lui parler de certaines communautés. « Les gens ont le droit de faire ce qu'ils veulent, mais pas devant ma gueule », il dit… il se targue d'être ouvert et tolérant, car il lui arrivait de fréquenter quelques bars homos… Mais je l'aime, même avec ses petits défauts, car si Pedro n'existait pas, autant dire que je ne serais pas là non plus !

Lorsque nous sommes à Paris, Gabriel et moi, passons beaucoup de temps à la Sainte-Sco, à boire, à fumer, à refaire le monde.

La Sainte-Scolasse est un petit troquet sympathoche, comme dirait mon pote Patoche, rencontré dans une ZAD, il y a quelques années maintenant… Mais Patoche n'a rien à faire dans cette histoire, il n'intéresse personne de toute façon.

J'aime me poser ici, pour boire mon « café », et pour grailler à l'œil, tout en consultant les messages de mes internautes préférés.

Je fais partie des nomades 2.0 M'sieurs Dames, je n'ai pas de domicile fixe et je n'ai besoin, pour travailler, que de mon ordi portable et d'une connexion internet…

Ce que je kiffe à la Sainte-Scolasse, c'est l'ambiance Sixties. Murs rouges et jaunes, tables en formica et tout le toutim… Les patronnes sont fans de David Bowie, une grande affiche prend quasi tout le mur du fond. Sur le comptoir en formica, y a un distributeur et sa coupelle de récupération cacahuètes-pipi. Les clients piochent dans la tite coupelle, vont aux toilettes, reviennent, re-piochent dedans, cacahuètes grillées avec surplus d'urine. On ne va pas me faire avaler que les gars se lavent les mains après chaque passage aux toilettes. Allez, j'arrête mes *élucubrations, Antoine*.

* * *

Petit rituel, Léon IV m'accueille en remuant sa queue comme mon ex ; petite caresse sur sa gueule d'Allemand, petite léchouille et le voilà déjà reparti. Il n'a pas l'air en grande forme le Berger, il se traîne comme un vieux en fin de vie.

Y a déjà des clients accoudés au comptoir, quasi toujours les mêmes têtes en pilier de bar, certains attaquent au Gaillac, la France et ses traditions...

V'là la Huguette, toujours en bout de comptoir, une vieille pute à la retraite, qui, dès que le rideau de fer se lève, s'installe pour tuer le temps. Elle sent la Nivéa, Huguette, depuis qu'elle a lu que c'était le meilleur des antirides.

Il y a quelques meufs de l'administration qui prennent leur pause du matin, de neuf à dix heures trente, avant d'attaquer le boulot. On peut deviner lesquelles ont déjà baisé avec le patron, à la profondeur de leur décolleté ; il en a eu pas mal le salaud... *Vive les clichés*... J'comprends mieux les retards administratifs quand je vois ça...

Et enfin, il y a les deux vieilles de la rue de Charonne, des mégères comme il en existera toujours, informées de tout, avant même les merdias et leurs articles à la con, imprimés dans leur torchon. Elles étaient de fidèles clientes du salon de coiffure de Cheryl, la meuf de Gabi...

« Salut Gabriella ! », m'accueille Juliette, la boss, tout sourire en *essuyant les verres au fond du café,* pendant que sa « Julie » doit s'occuper du planning de la prochaine soirée ; les « touffes en folie », ou aider Vlad en cuisine... Vlad, c'est le cuistot, il travaille ici depuis des siècles. À l'époque, il était le spécialiste des pieds de porc, mais il a fallu qu'il revoie ses menus, lorsque les filles ont repris le troquet. Il a des faux airs à Lurch, le majordome de la famille Adams.

Julie et Juliette-*je t'aime*, forment un joli couple. Elles ont repris le bar, sans drapeau arc-en-ciel, ouvert à « toustes ». Elles ont préféré ne pas mettre en avant leur orientation sexuelle, et elles ont le droit. Ici, tout le monde a sa place et tout le monde s'entend bien, c'est ça aussi, lutter pour l'égalité.

Je pose sur la table mon iMac dernier cri, tombé d'un camion et offert par Mario, mon frangin.

Je n'ai pas un radis, mais j'suis plutôt bien lotie.

Une bonne odeur se dégage des cuisines... Vlad doit s'activer derrière ses fourneaux... spécialité du mois, le « Tablier de sapeur », pour un bar-resto de gouines, c'est bien trouvé. Le mois dernier, c'était le « patacons », et ça aussi, bordel, que c'est bon.

Les clients se bousculeront au portillon, durant trente jours, pour déguster la fameuse « barbe au con ».

Mais les filles doivent également s'adapter aux us et coutumes culinaires du quartier. Sans gluten, nourriture bio, véganisme-*qui n'a rien à voir avec le vaginisme*, plats végétariens ou flexitariens ; les clients bobos végétalisent tout, histoire de paraître des gens bien comme il faut. Ça fout les boules à Juliette, qui déplore le temps où l'on pouvait déguster une entrecôte saignante, sans se faire traiter d'assassins ou d'égoïstes.

Avec tous ces efforts, le troquet tourne correctement, en tout cas, mieux que beaucoup de petits restaurants obligés de fermer leurs portes, avalés par les grandes enseignes ; extinction des restos gastronomiques au bénéfice des chaînes gastroentérites.

Lorsque Gabriel squattait le bar, c'était Gérard, le patron. Mais à plus de quatre-vingts ans, il était temps qu'il prenne sa retraite. Il a donc vendu son troquet aux filles, qui rêvaient d'un resto à l'enseigne, « A la bonne moule », accrochée sur le mur extérieur en néons de couleurs... mais par respect pour l'ancien, elles ont décidé de garder « À la Sainte-Scolasse ».

Gérard perd un peu la boule depuis que sa femme est morte d'un cancer lent.

Cancer, maladie du siècle, on y passera tous, c'est certain... Faut voir les saloperies qu'on s'envoie dans le gosier, sans compter la pollution et tout le merdier... Le monde court à sa perte. Dire que je suis censée vivre encore minimum 50 ans, donc 600 mois, 2607 semaines... On est bien peu de choses... Peut-être que, d'ici là, on pourra régénérer son corps, ou s'implanter des organes artificiels. Le transhumanisme a remplacé le transsibérien, aucun lien, *fils unique*.

Gabriel m'a raconté, et me raconte encore, entre deux allers retour pour aller pisser, *le houblon est un excellent diurétique*, ses histoires qui ont toutes commencées dans son lieu de prédilection. Il m'a raconté le bar blindé, les tournées générales, ses enquêtes, la fiesta jusqu'à point d'heures... Les temps changent, les patrons avec, mais le bar en lui-même n'a pas bougé. Les filles ont voulu garder l'authenticité du lieu, et elles ont eu raison. Un petit bond dans le temps, ça ne peut pas faire de mal. C'est ça qui fait la réputation d'un endroit.

Les Parisiens ont besoin de s'évader de temps à autre, rien de tel que de faire un petit tour dans les années passées, où la France était encore libre et où la censure existait moins. J'aime venir bosser ici, je suis nostalgique d'une époque que je n'ai pas connue.

***

Je commande un double café serré... Juliette me l'apporte. « T'as une sale tronche, qu'est-ce t'as fait hier soir ? » Je hoche la tête, « J'ai passé une nuit en mode YOLO, un truc de jeunes quoi, tu te souviens ? » je réponds, sourire aux lèvres.

J'entre le mot de passe de mon blog sans regarder la blonde. « Petite conne, t'y passeras, toi aussi », elle me répond, en riant. Toujours sans la regarder, je lui dis « Tu savais que, si on en croit Sophie Arnoult, les dix plus belles années d'une femme se situent entre vingt-huit et trente ans ?

— Gabriella, tu te trompes, tu as voulu dire "les deux plus belles années" et non pas les "dix"...

— Je t'assure, c'est la citation exacte, regarde, je dis en lui tendant l'écran de mon téléphone portable.

... Juliette regarde l'écran, fronce les sourcils et me sort, « Ça ne veut toujours rien dire... à la rigueur, si elle avait écrit, "Les dix plus belles années d'une femme se situent entre vingt et trente ans, ou entre trente et quarante ans, OK... mais là..."

— ... A partir de quarante ans, c'est la dégringolade assurée...

— N'importe quoi, elle est de quelle époque ta Sophie ?

— Elle est morte depuis longtemps... Elle est de fin 18ème début 19ème...

— L'espérance de vie, à cette époque, se situait autour des quarante balais. Quarante balais, aujourd'hui, c'est jeune, et on peut même dire que la femme y connaît l'apogée de sa sensualité et de sa sexualité...

— On se rassure comme on peut... » j'ironise.

Juliette repart, la tête un peu baissée, en soupirant. Elle ne marche pas, elle court à chaque fois. Elle sait pourtant qu'elle ne fait pas ses trente-huit ans. Les femmes sont très susceptibles, *sans connaître Eptible*, sur leur âge, surtout lorsqu'elles frôlent la quarantaine, puis la cinquantaine, puis la soixantaine, bref, après trente balais, faut plus leur parler de leur âge... mais là, je n'ai pas le temps de m'attarder sur le sujet, car je chope au vol la conversation des deux mégères, les anciennes clientes de Cheryl. Si tu le permets, je voudrais écouter...

Les deux vieilles sont assises l'une en face de l'autre. Elles pensent être discrètes, mais elles parlent comme des marchandes de poissons.

L'une porte un pull en poils de Muppets gris, l'autre une chemise rose fuchsia. Ce qu'elles portent en dessous, je n'en sais rien, car leurs jambes sont cachées sous la table. Elles sont maquillées comme des camions volés, sait-on jamais, elles pourraient tomber sur l'homme de leur vie, et ainsi, se désenclaver la péninsule... Et dieu sait que ça doit faire longtemps qu'elles n'ont pas pratiqué...

Je fais mine de regarder mon écran. De temps en temps, je titille la molette, histoire de...

« Ce matin que je te dis, Martine, paraît qu'il a été tué. Ça s'est passé près de chez toi. On n'est plus en sécurité, que je te dis. »

— Oh ! Ma Sylvie ! C'est affreux... En même temps, ça lui pendait au nez, avec tous ses trafics. Tu savais qu'il abusait de toutes ses salariées ? J'connais la petite qui y travaille depuis trois mois... dit Martine en soupirant et en hochant la tête.

— C'est elle qui t'a dit ça ? demande Sylvie.

— Oui... Carine qu'elle s'appelle, elle m'a dit aussi qu'il y avait souvent des gens bizarres qui venaient, et qui passaient dans le bureau, ils repartaient, une enveloppe à la main. Paraît que ça gueulait et pas seulement avec sa bergère... répond Martine.

— Il avait bien choisi sa rue... rue Pavée d'andouilles...

— Quoi ?

— La rue Séguier, avant, elle s'appelait la rue Pavée d'andouilles. Je ne vais pas te faire un cours sur la ville de Paris, on apprenait ça à l'école... une histoire avec des charcutiers...

— Ah oui, répond Martine en levant les yeux au ciel avant de choper sa tasse de thé et de plonger ses lèvres dans le breuvage, certainement tiédi à cause du temps qu'elle met avant de l'avaler.

Marine, Marine, ça me dit quelque chose, il me semble que mon Poulpe m'en avait parlé il y a de ça quelques mois.

Ce n'est pas le meurtre qui m'intéresse, laissons les flics remplir leur tâche de distributeur de bracelets électroniques. Ce qui m'intrigue, c'est le fait que Marine harcelait TOUTES ses salariées. Après avoir traité de plusieurs sujets sur mon blog, ça faisait un moment que je voulais m'atteler aux harcèlements sexuels... Et comme par hasard, *quoi donc que j'entends* ? Je suis attirée par cette histoire comme une abeille sur un pot de miel, et non pas une mouche, même si cet homme était visiblement une grosse bouse.

Vue l'heure, un article a dû paraître dans le journal du matin. Gabriel, lecteur impulsif du *Parisien*, lit son baveux, tous les matins. Moi j'ai juste à taper dans mon moteur de recherche, une succession de mots, pour retrouver un article correspondant : « Marine, meurtre rue Séguier » et... Bingo !

« M. Marine, propriétaire du Billy Burger, retrouvé mort dans d'étranges circonstances.

C'est sur les coups de deux heures du matin, au Billy Burger, rue Séguier, que Madame Paule Marine, épouse du défunt, a appelé les services de police. En larmes, au bord de la crise de nerf, Madame Marine a été prise en charge par le service psychiatrie de l'hôpital Sainte-Anne. D'après nos sources, Monsieur Marine aurait eu une altercation relativement violente, le jour même, avec quelques habitués de son établissement. Madame Marine, quant à elle, aurait informé la police qu'un certain Monsieur Lomagne aurait harcelé son mari, à plusieurs reprises, pour des motifs inconnus. Historiquement, Monsieur Marine avait fait partie des forces de l'ordre, avant de poser sa démission et se lancer dans la restauration. (...) »

Rien, bien évidemment, sur son comportement de prédateur sexuel, ces choses-là, on n'en parle pas... Marine, ancien flic... Un gars qui n'a rien à se reprocher n'aurait jamais démissionné. Faut que j'appelle Gabriel, mais vu l'heure, mieux vaut que j'attende encore un peu.

Juliette s'approche de moi, « Tu restes manger ? » me demande-t-elle.

— La question vaut-elle réellement le coup d'être posée, mémé ?

— Toi, un jour, je vais finir par t'en retourner…

— T'en rêves hein ?

— Pfff, trêve de plaisanteries, Le Poulpe sera-t-il également de la partie ?

— Non, je ne pense pas, je l'ai eu hier au téléphone, il m'a dit qu'il avait une grosse soirée. Il croit, comme d'autres, qu'il a encore vingt ans et qu'il peut supporter les nuits blanches. Je lui lance en lui jetant un petit coup d'œil provocateur.

Je bouffe à l'œil grâce au Poulpe, mon papa de substitution, une sorte de deal… Je mange comme une musaraigne pygmée, mon tempérament sanguin brûle les calories dès que je les ingère.

Les clients commencent à entrer, il n'est pourtant pas encore l'heure du déjeuner. Ceux qui arrivent en premier sont des habitués qui n'ont pas réservé, ils tentent le coup en feignant l'envie de boire un coup… parfois ça marche, parfois non… tant qu'il y a de la vie…

Je ferme mon ordinateur portable, je laisse tout sur la table… ce n'est pas que je pense que les gens sont dignes de confiance, mais ici, personne n'osera me piquer quoi que ce soit, sinon il est mort !

Je me lève, je vais en cuisine, afin de saluer Julie et Vlad, avant le gros coup de pression du midi… Etchebest n'aurait rien à foutre ici… Tout roule comme sur des roulettes…

CHAPITRE 3
LA COLLINE DU CRACK
article de janvier 2023

Il fait froid. Je remonte le col de ma veste, et arrange ma capuche sur mes oreilles, mais je me pèle quand même. La petite brume diaphane se dépose en fines gouttelettes sur mon pardessus. J'éternue, j'ai le nez qui coule, je m'essuie d'un revers de manche.

Je marche en traînant mes grôles usées sur le bitume du trottoir de l'Avenue Ledru-Rollin, *Ciudad Liquida* dans mes oreilles.

Je suis presque arrivée à destination, plus que quelques minutes. Marcher me permet de me remettre les idées en place. C'est plutôt le bordel dans mon ciboulot. Je suis en pleine construction cérébrale de ma prochaine chronique. Je repense à l'affaire Marine, je me demande combien de femmes ont été la victime de cet homme.

J'aurais pu prendre le métro, mais le métro, le matin, ça sent la glotte pas fraîche, la transpiration des dessous-de-bras, tout ça, mélangé aux produits d'entretien et au manque d'aération... De plus, je n'avais pas du tout envie de supporter les gueules d'enterrement de mes contemporains.

À force de se faire emmerder par les « sans dents » comme dirait François, faut voir les tronches qu'ils tirent, les Parisiens. En même temps, il y a de quoi. Faut être maso pour kiffer cette vie-là.

À Paris, j'ai appris que c'est chacun pour sa

gueule, un point c'est tout, c'est triste mais c'est comme ça. La concentration de bipèdes, à un seul endroit, génère automatiquement de l'antipathie, de la méchanceté, de la violence et de la non-solidarité. Et je sais de quoi je parle, car je sais d'où je viens.

Jusqu'à mes seize ans, Paris me faisait rêver. Faut voir le nombre de films français que j'ai pu mater, les chansons françaises que j'ai pu écouter, les livres que j'ai pu lire ; Queneau, Maupassant, Proust, Colette, Leduc, Louis Ferdinand Céline et j'en passe. Merci Pedro...

C'est lui, qui m'a sensibilisée à l'amour de la France lorsque je vivais à La Paz, à la prison de San Pedro. Si je vis à Paris, c'est aussi grâce à lui. Lorsque je suis sortie, Il m'avait laissé en poste restante un faux passeport et assez de thunes pour acheter ma liberté, car à San Pedro tout se monnaye. On paie un mec qui a des tampons officiels pour tout. *Tu veux un permis ?* Il m'avait également laissé un billet d'avion pour Paris, Ah ! PARIS !

Autrefois synonyme de liberté, Paris nous a offert un spectacle de désolation ces dernières années. Des rues animées par des combats opposants les forces de l'ordre azimutées aux soignants, sapeurs-pompiers ou citoyens désabusés. Leurs nouveaux paradigmes prônent la sécurité au détriment des libertés, la délation plutôt que la solidarité, le QR code plutôt que la parole donnée.

Non, Paris ne fait plus rêver. J'ai lutté toute ma vie contre les pressions des autorités politiques, avides de cobayes pour faire tourner leur économie de marché. Il n'est pas encore né celui qui me fera avaler que la nature humaine est garante de l'égalité des hommes, quand la morale est imposée dans un relent de discrimination assumée.

Dès que je peux, je reprends mon baluchon et adieu Champion.

Un jour, je me poserai, DÉFINITIVEMENT... où ? Pas dans ton cul Ducon, mais en Amazonie. J'y ai acheté une petite concession... Pedro y passe plus de temps que moi pour l'instant. Un jour, je pourrai enfin vivre pour le restant de mes jours, dans ma cabane, non pas au fond du jardin, mais au fin fond de la forêt Amazonienne. Loin du monde connecté, loin des gens, loin de la cohue sociétale, loin des catastrophes dues à l'humain, loin des manipulations de masse, des lavages de cerveau... Ah ouais, ça, ça sera bien...

En attendant, il faut que je m'adapte, mais hors de question que je rentre dans le cadre.

Lorsque j'étais à San Pedro, je bossais pour des gangs ; le danger, c'est tous les jours que je le côtoyais, j'en ai fait un art de vivre. Et maintenant que je suis ici, dans la plus belle ville du monde, la ville Lumière, je suis devenue, en surface du moins, une « parfaite petite Parisienne ». Quand je sens que je perds pied avec la réalité, je me reconnecte au monde réel, à la fange sociétale, à la douleur, au manque, à la pauvreté, au malheur. Je me suis fait la promesse, en quittant la Bolivie, de ne jamais oublier d'où je viens et qui je suis, jamais...

Je me rends, le plus souvent que je peux, à la colline du crack, pour aider, à mon petit niveau, ceux que les grands de ce monde voudraient invisibiliser... Ça peut paraître glauque pour certains, mais c'est ma madeleine à moi. Les médias n'en parlent pas ou très peu de ces endroits-là. J'y ai consacré un article dans mon blog, il y a presque un an...

Tiens, y a un gars qui fait déféquer son chien sur le trottoir, il ne ramasse pas la crotte, il regarde rapidement à droite, puis, à gauche, et se casse, ni vu ni connu-je t'embrouille.

« La France tu l'aimes ou tu la quittes », il paraît, alors mieux vaut ne rien dire et laisser faire. De toute façon, je n'aime pas parler à haute voix, je m'exprime beaucoup mieux à l'écrit... l'écrit, c'est ma vie.

Je croise deux-trois gars. Je baisse la tête, moins je parle aux gens, mieux je me porte.

J'ai décidé, durant une petite quinzaine de jours, de me mettre au vert. Je stoppe un peu la bourlingue, je pose mes « valises », histoire de me reposer, et surtout de renflouer mon bas de laine. Voyager avec peu, c'est bien, mais avec plus, c'est mieux. Si je sens que je m'empâte, *Panzani*, je reprendrai la route...

En ce moment, je squatte chez une petite Frangine, Lili, avenue Daumesnil à deux pas du centre spécialisé du genou. Y a qu'en France qu'on peut trouver ce genre de centres, en tout cas, en Bolivie, il n'y en avait pas. Il aurait fallu des centres de désintox dans mon pays, ça c'est clair, qu'est-ce qu'on f'rait d'un truc pour les genoux ? *Avec un « x » au pluriel.*

Bref, j'ai rencontré Lili la semaine dernière, à La Sainte-Scolasse ; là-bas, les gens se parlent en vrai, pas via leurs réseaux sociaux ou leur téléphone portable.

Elle est gentille Lili, elle est jolie aussi, et tout comme moi, elle rêve de Liberté, et de Fraternité, comme dans la chanson de Perret. C'est Gabriel, qui m'a fait écouter cette chanson quand il était pété. Mais Lili, elle parle trop, surtout le matin, elle a besoin de me raconter sa vie, ses rêves, ses amis, ses amours, et ça m'emmerde…

***

Je suis à fleur de peau. Je n'ai rien dormi de la nuit. J'ai binge watché les articles de presse qui sortaient au compte-goutte sur l'histoire de Marine. Puis, j'ai regardé des reportages et des témoignages de femmes abusées afin d'alimenter mon papier, certains émouvants et empreints de vérité, d'autres assez fake mais ce n'est pas à moi de juger.

J'ai eu beau m'ensuquer le cerveau à coups de *fleurs de Bach*, rien n'a fonctionné. J'ai mal à la tête.

Je redoute l'endormissement, car la majorité de mes nuits est peuplée de cauchemars ; les escaliers étroits ; la rouille ; la misère, les trafiquants, la drogue, l'insécurité, le « puits » ; les enfants qui entrent et qui sortent de l'établissement ; les gardes corrompus qui ferment les yeux ; les mains sur mon corps, les viols, les armes, la trahison… Je revois tout par flash dès que je ferme les yeux.

***

Tout en mangeant et en buvant un petit verre de vin, je consulte un de mes articles de janvier dernier. Les filles sont au taquet, personne ne vient me déranger...

Étrange, il y a quelques commentaires récents qui attirent mon attention. Les nouvelles vont vite, surtout à Paris... Mais pourquoi parle-t-on de Marine sous ma chronique qui date de presque un an ? Je te laisse lire l'article, ça pourra t'instruire, et pendant que tu te « cultives », je vais survoler quelques commentaires et DM.

Commentaires (12 350)

Mimi du 77 2023-09-12 12:45:01

« H.U / Pierre je connais très bien la fille qui bossait là-bas, elle subissait du harcèlement, alors moi je pense qu'il mérite ce qui lui arrive »

Pierre 2023-09-12 10:12:12

« H.U tu le connaissais le Marine ? je sais qu'il ne trafiquait pas que le crack, il était connu pour des drogues plus dures. Ça lui pendait au nez »

H.U 2023-09-12 04:37:02

« T'as vu que le Marine est mort ? »

L.23 2023-01-08 10:37:02

« Hypocrisie quand tu nous tiens. Problème sans fin, on en parle à cause des JO, mais le problème n'est pas résolu »

Louisa 2023-10-01 12:22:45

« Des épreuves de JO dans ce quartier, c'est n'importe quoi. Les gens ne seront pas en sécurité. »

Héloïse 2023-03-01 01:23:59
« Et après les JO, les campements ressortiront de terre »
Lili 2023-02-01 23:45:02
« On déplace la misère et le gouvernement les pousse à consommer, c'est à vomir »

https.//www.ecoiwia.fr

LA COLLINE DU CRACK, RIEN À VOIR AVEC LA PETITE MAISON DANS LA PRAIRIE…

J'aime les titres longs pour attirer l'attention

Janvier 2023

Bonjour à toi Humain, et Bonne année mon cul…

Vous avez été nombreux à réagir à mon petit sondage, « Connais-tu la colline du Crack ? » Comme je m'y rends régulièrement, je vais te « montrer » ce que le gouvernement et les médias de masse te cachent. À savoir, une partie de la misère Française. France, pays de l'égalité, de la liberté et de la fraternité.

Tu sais que je viens de la prison de San Pedro à La Paz. Je ne vais pas m'étaler sur le sujet, un article est en ligne en première page de mon blog.

Pas besoin de partir si loin pour avoir un petit aperçu, de ce qu'il s'y passe, l'anarchie en moins. Il suffit juste de faire un tour Porte de la Chapelle, entre l'autoroute A1 et le périph.

Afin de t'éviter tout désagrément, je vais t'exposer ici, ce qu'il se passe en bas de chez toi et que tu ignores.

Quand j'ai le mal du pays, je vais illico presto rejoindre quelques potes à la colline du crack. Y a bien quelques associations qui vont y faire un tour, mais le plus souvent, ce sont les flics qui s'y rendent, armes à la ceinture, et parfois boucliers à bout de bras, au cas où la misère leur éclabousserait la visière.

La Colline du Crack, c'est la misère à l'état pur. Elle existe depuis le début des années 2000... vingt-trois ans, que le gouvernement ferme les yeux... mais c'était sans compter les Jeux olympiques qui se profilent.

Le crack, c'est la drogue du pauvre... la Colline, c'est un campement de fortune où se côtoient migrants, drogués et trafics en tout genre. À l'approche des JO, l'Arena sort de terre, bâtiment « magique » qui est censé tout changer.

Y a même un gars qui a dit que la Porte de la Chapelle allait se transformer en un nouveau Champs-Élysées. Coup de Karcher, on vire les précaires pour coller un pansement de semblant de vie propre et saine.

Moi j'y vais pour aider Hassam et Bintou à déblayer ordures et saletés, afin de rendre l'endroit un peu plus vivable.

Le gouvernement français, roi de l'hypocrisie, ordonne des descentes de flics afin de balayer la pauvreté, il agit de même avec tous les squatteurs... Les « habitants » de la colline se réinstallent rapidos à quelques mètres du campement. Logique, où veux-tu qu'ils pioncent ? Où veux-tu qu'ils vivent ?

Je te plante un peu le décor.

Dans le campement, pas de toiles de tentes Quechua, pas de bungalow, pas de caravanes, pas de terrain de boules, loin de là, on n'est pas au Blue Lagoon, mais Porte de la Chapelle.

Les abris sont faits de taules récupérées, de cartons, de nylon et basta.

Les petits « chemins » entre les habitations de « fortunes » sont boueux et jonchés d'ordures.

Ici, les maladies pullulent, mais les habitants du quartier s'en foutent comme de leur première culotte. Ils s'en moquent, car ça ne les concerne pas. Les œillères sont pratiques pour éviter de voir la réalité de ce monde qui part en eau de boudin. Cependant, ça râle contre l'insécurité, l'insalubrité, les trafics, l'impolitesse, et tout le merdier.

* * *

J'ai rejoint mes potos, Hassam et Bintou qui étaient déjà en train de trimer, pas payés, bien entendu. Ils nettoyaient la misère pour éviter que les rats et les maladies ne se propagent trop vite. Hassam avec ses gants troués, Bintou avec une pelle rouillée. Le sol était jonché d'ordures ; de fringues ; de nourriture moisie ; de vers ; de mouches ; de rats morts qui ne couraient plus ; de boîtes en carton, comme la valise de Linda ; de seringues usagées, de ferrailles...

Bintou remplissait la benne à ordure qui avait atterri ici par miracle. Il s'est tourné vers moi et m'a lancé d'un ton fatigué : « Hey ! Gabriella, pourquoi tu viens ici ? Tu ne devrais pas traîner par-là, t'es trop classe princesse pour te mélanger avec les gens comme nous ».

– Ne commence pas, j'ai lancé en filant une paire de gants neufs à Hassam.

Je me suis, à mon tour, attelée à la tâche avec mes deux « collègues » de misère...

« Putain, si j'étais riche... » nous a dit Hassam en enfilant ses gants.

– ... Tu t'achèterais des stocks de gants ? Je lui ai demandé en souriant tout en ramassant un tas de chiffons durs comme du marbre.

– Ben, j'serais pas ici à racler la merdasse...

– L'argent ne fait pas le bonheur... a répondu Bintou.

– ... Quoi ? L'argent ne fait pas le bonheur ? Qu'est-ce que t'en sais toi ? T'as déjà été riche ? Bien entendu qu'il fait le bonheur... Ah si j'étais riche, Inch Allah... l'a coupé Hassam.

– ... Et tu ferais quoi ? Qu'est-ce tu deviendrais ? Je vais te dire, moi, tu ferais comme eux, tu deviendrais aussi con que tous ces bobos qui se mettent à chialer, parce qu'ils n'ont pas pu avoir le dernier sac, ou le dernier téléphone à la mode...

– Pas du tout... si j'étais riche... si j'étais riche... ben, je commencerais par envoyer plus du tiers à ma famille à Alger, et je partagerais le reste avec toi, mon frère !

– Conneries, tu ne ferais rien de tout ça, tu m'oublierais vite, et comme tous ces peignes cul, tu baisserais les yeux quand tu rencontrerais l'un d'entre nous... Pas vrai Gabie ?

– Ne me foutez pas dans vos histoires à la con...

À San P, je n'avais pas le temps de penser à ce que je ferais si j'étais riche, ma seule préoccupation était de pouvoir rester vivante et éviter de me faire trop abîmer.

Après avoir déblayé une partie des détritus, nous sommes allés rejoindre la femme de Bintou, accro au crack. Bintou ne savait pas comment faire pour la « sauver », enceinte de trois mois, elle risquait à tout moment de perdre son bébé. On ne peut pas sauver les gens d'eux-mêmes, c'est la vie...

Ce n'est pas que je suis insensible à tout ça, mais quand on a vécu l'indigence une bonne partie de sa vie, on relativise et on ne pense pas comme la majorité des « Bien-nés ».

La femme de Bintou était couchée sous un amas de tissus, je me demandais si elle dormait ou si elle était morte.

J'ai sorti de mon sac quelques bouteilles d'alcool, le seul remontant avec la dope, la seule façon pour eux d'oublier leur vie et de faire passer le temps. Je connais ça.

J'ai également sorti deux conserves, avec la ferme intention de revenir le lendemain avec un pote, qui pourrait m'aider à porter deux cartons de première nécessité.

Je ne pouvais pas faire plus.

J'aurais pu poster quelques photos, car je sais que le visuel attire l'œil, mais le voyeurisme malsain me donne des crises d'urticaire. Si le sujet t'intéresse et que tu veux savoir à quoi ressemble la colline du crack, je te conseille de faire un tour sur la toile... Ça te changera des photos sur les réseaux de Paul qui s'éclate au ski à Chamonix, de Karine et ses plats végans au resto ; des fiestas de la bande à Basile ; des dernières dansent virales TikTok ; des plaintes du petit Gabin qui n'a pas eu la bonne couleur de son dernier iPhone à 800 boules, des statuts sur le comment être heureux débités par des donneurs de leçon de vie en bien être de mon cul...

Juste une dernière chose, Humain, si tu croises en te baladant, un ou une de mes potes « invisibles », ne baisse pas les yeux, dis leur bonjour. Les « enfants » de la rue ne sont pas des connards sauvages. Je ne te dis pas de donner à chaque fois ta petite monnaie, mais juste un peu de considération.

Hauts les cœurs.

CHAPITRE 4
COMMENT CONVAINCRE LE POULPE...

« Qui connaissait M. Marine du Billy Burger ? laisse-moi un mail et non pas un commentaire à l'adresse suivante :
« ecoiwia.gab@contact.fr »

***

Je lève mon beau regard-*Jack*, vers Julie qui s'approche de moi, tel un félin sur sa proie, vêtue d'un jean et tee-shirt moulant, sous son joli tablier noir à l'effigie de la Sainte-Scolasse. Ses cheveux de feux, qu'elle vient de libérer de son filet jetable, tombent en cascade sur ses frêles épaules, me v'là d'humeur « pouet ».

Juliette ne le sait pas, mais il y a trois ans, on s'est un peu « rapprochées » Julie et moi, si tu vois où je veux en venir. Dix ans de différence, je t'assure que ça ne se voit pas. On donne facilement la trentaine à Julie, et moi, comme la vie m'a salement « arrangée », on ne me donne pas loin de trente ans également. J'ai toujours paru plus que mon âge, et pour l'instant, ça me convient très bien.

Du coup, qu'est-ce que je disais ? Ah oui ! Julie... Julie, la belle rousse et Gabriella la grande brune, toutes deux dans un lit, à se bouffer l'abricot, ça envoie du rêve aux hétéros qui pensent que le sexe entre femmes est doux, charmant, et qu'elles ne font que de se lécher la chatte – « *émi-cantare* »... en se titillant les tétons...

Tu l'auras compris, petit voyeur averti, que « Julie et Gabriella au lit », c'est chaud comme la braise, n'y a pas que du titillement, je te le garantis ; Julie et Gabriella au lit, c'est l'euphorie, l'anarchie, la sauvagerie ; c'est pervers, c'est hard, c'est trash... mais, par respect pour la vie intime de Julie, je ne rentrerai pas dans les détails.

Juliette est très vite tombée amoureuse, en ce qui concerne Julie, il a fallu un peu plus de temps... Si j'ai une once de culpabilité envers Juliette ? « Queue » nenni, chacun ses cornes et les poules seront bien gardées. Si je suis jalouse ? Dieu m'en préserve, il n'est pas arrivé le jour où je partirai du principe qu'un humain appartient à un autre humain. La jalousie, c'est de la merde en boîte, c'est un sentiment qui me débecte au plus haut point.

« Ça t'a plu ? » me lance Julie en se penchant vers moi. Elle parle de mon plat, pas de notre partie de jambes en l'air. Car je dois l'avouer, il nous arrive de remettre parfois le couvert, mais chut, c'est un secret.

— Comme d'hab, un régal, je réponds en lui faisant un petit clin d'œil complice.

Elle frissonne, ses joues rosissent, et ses tétons pointent sous son tee-shirt... si on n'était pas à la Sainte-Sco, je l'aurais déjà retournée... Elle se penche un peu plus encore, scrute l'écran de mon ordinateur, « Nicolas Marine ? Le propriétaire du Billy Burger, celui qui a été tué ? »

— Oui... tu le connaissais ? je lui demande.

Même quand elle sue, elle sent bon, un mélange de phéromones et de fragrances de patchouli et de badiane… des essences à mon nez qui suintent le désir.

— De nom et de réputation… Je ne l'ai jamais croisé. Mais il était plutôt du genre harceleur avec ses employées. Une de mes potes a bossé pour lui quinze jours avant de se casser. Main au panier et tout le merdier. Elle est partie à temps. Elle allait au boulot la boule au ventre, en gerbant ses tripes tous les matins et en espérant que le gros porc soit absent. Ma pote m'a raconté que la femme de Marine savait que son mari était du genre à planter son poireau dans tous les jardinets du coin. Elle fermait les yeux, non pas par résignation, mais parce que ça lui convenait très bien. C'est pas qu'elle n'était pas portée sur la chose, mais son mari la dégoutait. Pour éviter les rapports, paraît même qu'elle ne se lavait pas la pachole. Mais bon c'est peut-être une "légende urbaine". J'ai entendu dire que, la mère Marine n'a jamais aimé son mari, elle s'est mariée par obligation. paraît même qu'elle fricotait avec un vieux pilier de comptoir, Boris qu'il s'appelle, toujours planté au Billy Burger du matin au soir, en attendant que Madame soit disponible… Le père Marine trempait dans des affaires louches, du moins, c'est ce que j'ai entendu, c'est l'avantage quand tu bosses dans un bar, tous les commérages du coin y vont bon train…

— Tu penses que je pourrais voir ta pote qui bossait pour lui, histoire de lui poser deux trois questions ?

— Elle est partie s'installer dans le Beaujolais. Qu'est-ce que tu trames encore, Gabriella ?

— Disons que cette histoire me titille les neurones, j'ai envie de creuser plus loin...

— Fais gaffe Gabriella, y a des sujets qu'il vaut mieux ne pas aborder...

— Lorsqu'on me conseille de ne pas faire quelque chose...

— ... je sais, tu sautes dessus, elle me dit en remettant une de mes mèches en place...

— Bon, je te laisse... je retourne turbiner... » Je respire un grand coup, en admirant la belle rousse déambuler telle une naïade...

Je scrolle mon écran... Un petit coup de stalking. Nom : Marine - Prénom : Nicolas - Adresse : 6, rue Séguier 75006 PARIS.

Je lance ma recherche.

Rien en son nom personnel. Je tape « Billy Burger Paris »... Je tombe sur les incontournables profils, LinkedIn, Facebook, Insta. Je note rapidos les infos.

Pas grand-chose à en tirer. Localisation que je connais déjà, photos prises à l'arrache d'hamburgers trop gras, de desserts trop sucrés, de frites trop salées... Heureusement que le ministère de la Santé et de la Prévention n'est pas tombé dessus.

Aucune photo des patrons, dommage, j'aurais bien aimé voir leurs trombines. À défaut, j'ai droit à quelques photos du Billy B, gros plan sur le four à pain, un truc à l'ancienne, devait y avoir une boulangerie à l'époque.

Je note, au cas où, le nom, prénom et date de naissance du gros, Marine Nicolas, né le 25 août

1965 à Clichy, ainsi que celui de sa femme, Marine Paule, née le 12 décembre 1968 à Saint-Germain-en-Laye.

Je tape sur mon clavier « Paule MARINE », je lance la recherche… bingo… profil Facebook, *réseau de vieux*, ça ne m'étonne pas, elle a même une page sur copains d'avant. Elle y expose tout… pas avantagée par la nature, mais le physique ne fait pas tout. Les Marine se sont mariés le 17 août 1985. Pas d'enfants en vue. Je visionne une photo de Nicolas, l'an dernier, en été, certainement pendant quelques jours de vacances au camping de Sanary-sur-Mer emplacement 69. Le Nicolas porte un tee-shirt Billy B. taché, un short bleu pétrole, des chaussettes bleu blanc rouge France 98, et des claquettes. Faute de goût. Il fait cuire des saucisses. Son ventre énorme tend le tissu, et il sourit comme un benêt.

« Salut gamine », je me tourne et tombe nez à nez avec Le Poulpe. Je ne l'ai pas entendu entrer. Faut dire que j'ai une grande facilité d'abstraction du monde qui m'entoure lorsque je suis concentrée. La preuve, je ne me suis pas aperçue que la Scolasse venait d'échanger ses clients du midi, par ses clients du début d'après-midi…

Je ne me lève pas pour le saluer, on ne se tape pas la bise non plus, car depuis la pandémie, le contact humain est déconseillé, ce qui me convient très bien. Il nous arrive de nous checker, mais la majorité du temps, un signe de tête est suffisant.

« Café ? » lui demande Juliette en se marrant.

— … un café à 14 heures ? T'as pas fini de jouer les comiques ? lui répond Gabriel.

— Tu veux une yoni ?

— Il t'en reste ? La dernière fois, tu m'as dit que t'avais épuisé le stock...

— OK, j'en ai plus... je te mets une blonde...

— Voilà, une blonde, j'ai toujours aimé consommer les blondes... je m'y suis souvent noyé.

— Toi, tu penses encore à Cheryl. Je sais qu'elle te manque, arrête de jouer les pudiques. Bon, j'ai bien envie de te changer un peu les idées... tu dois savoir qu'un Gus nommé Marine s'est fait buter...

— Ouais, j'ai appris ça dans les faits divers du *Parisien*... je le connaissais un peu, le Nicolas... mais entre nous, ça m'en touche une sans faire bouger l'autre...

— Tu ne le portais pas dans ton cœur apparemment.

— Non, c'était une tête de con...

— Regarde les commentaires que j'ai reçus sous un de mes articles de janvier.

Il soupire... et baisse son regard vers mon ordi. Je sais bien qu'il déteste lire sur écran, mais quand on a que ça sous la main. Le Poulpe promène ses yeux sur les commentaires qu'il fait défiler. Il fronce les sourcils. Il doit avoir besoin de ses lunettes, il les oublie aussi souvent qu'il oublie qu'il vieillit. Bref... il se gratte sous la casquette.

Parenthèse, Gabriel porte toujours une casquette ou un béret, suivant ses humeurs. Je profite de sa lecture, pour te décrire sa tenue vestimentaire du jour. Jeans Lois dégriffé deux tailles au-dessus, pull en laine gris, sous-pull vert bouteille, et blouson en cuir. Il porte des pompes en cuir qu'il a dû chourrer j'sais pas où. Pas pire que sa paire de chaussures version « macro », en cuir blanc, tu vas me dire.

La mode de Paris a toujours été pourrie. Et dire que les Parisiens passent leur temps à se foutre des fringues des provinciaux. Je peux te garantir que je préfère la tenue de Gustave, dans *L'Amour est dans le pré*, que celles chinées sur TEMU par les bonnes femmes de la majorité des bonshommes qui fréquentent le quartier. Fermer la parenthèse.

« T'en penses quoi ? » je lui demande…

Juliette dépose la bière du Poulpe sur la table, et un petit verre de Chuflay, recette de cocktail que je lui ai apprise : Singani, soda citron, à servir bien frais, un régal pour les papilles. Le cocktail n'est pas sur la carte, c'est mon Marius à moi. Je n'suis pas adepte du partage et je t'emmerde. Ne cherche pas où boire du Singani, en France, tu n'en trouveras pas. Pour en obtenir, j'suis obligée de passer par mon Bro. Mario, qui est resté vivre en Bolivie. Il aurait pu me suivre, mais non, il n'a jamais voulu. Je ne vais pas m'attarder là-dessus… j'ai mon cocktail, tout va pour le mieux dans le meilleur des mondes, comme le disait Aldous.

J'enlève la paille en carton que Juliette m'a planté dans le verre. J'ai beau lui répéter qu'elles sont encore plus nocives pour la santé que celles en plastique, rien n'y fait. En même temps, tant qu'un médecin de plateau TV n'expliquera pas aux consommateurs que ces putains de pailles contiennent des PFAS, responsables de cancer, notamment celui des valseuses, Juliette continuera d'en fourguer à ses clients... mais comme Juliette n'aime pas la danse de salon, elle ne prend pas mes conseils au sérieux.

« Ben, j'ai rien à en penser, il est mort, c'est tout. » Il me dit, en posant son menton entre son pouce et son index.

— J'sais pas... ça ressemble à un vieux scénar de film noir de ton époque. Le vieux restaurateur qui se fait buter par un truand...

— Ne t'aventure pas la dedans gamine, va t'arriver des broutilles.

— Impossible.

— Pourquoi ?

— Outre le fait que je sais très bien me défendre, je peux compter sur toi pour me protéger.

Je papillote des yeux... Personne ne peut résister à ce petit battement « do cils »...

« Franchement, je doute que ce soit une bonne idée, puis, arrête avec ton clignement de z'yeux de Chat « Potté », s'il te plaît. Il n'y a rien à découvrir dans cette histoire... Le Marine jouait avec le feu, point barre... Au fait, je t'ai raconté la fois où j'ai découvert comment Huguette Turnère a tué son mari et l'a noyé dans la scène, en disant à tout le monde qu'il rêvait de faire une croisière ? » Il me sort.

Je soupire... il m'exaspère parfois. Il a le don de sauter du *coq à l'ail* pour détourner l'attention. Je bois une autre gorgée de mon fabuleux breuvage et je reste silencieuse. Je sais que Gabriel ne supporte pas les silences. D'ailleurs, peu de personnes supportent les silences, ça, je l'ai bien remarqué, à leur décharge, la base d'une conversation reste avant tout le dialogue.

Je n'ai pas besoin d'avoir fait des études en psycho-machinchose, pour connaître la nature humaine. Il suffit juste d'observer le monde pour apprendre à le décrypter.

En ce qui me concerne, j'aime les silences, c'est grâce à eux que je parviens à apprendre, à me concentrer, à travailler, et à me remettre en question. Ça peut paraître paradoxale pour une meuf qui se tape, régulièrement les bruits de vie du troquet de la Sco... *Non ! pas la grotte...* Les squats, et tout le merdier... J'ai appris à aimer les silences, car je suis toujours entourée de bruit. J'suis une nana plutôt solitaire, *un peu comme le ver*. Je me kiffe, et si je ne me connaissais pas, je voudrais m'avoir comme amie. Je préfère être en tête à tête avec moi-même, plutôt qu'en présence d'un de mes contemporains. Je ne dis pas que c'est de tout repos d'être seule, il m'arrive de râler contre moi, de me chercher des noises, de m'irriter, mais tout ça n'est rien à côté de ce que les humains peuvent me provoquer comme réactions cutanées.

Je patiente encore un peu... Gabriel fait un petit rototo... Les mots ne sont pas loin, à moins qu'il soit malade et qu'un gros glaviot ne demande qu'à sortir.

Il termine sa bière. Moi, je fais mine de regarder au-dehors. Et comme j'ai envie de griller un cigarillo, sans piper mot, je prends mon manteau et sors de la taverne.

Je me poste devant la fenêtre. Je sais que Gabriel m'observe... Je sais que dans deux minutes il va enfiler son cuir, qu'il venait à peine de poser sur le dossier de la chaise, et il va me rejoindre.

Et alors, il restera silencieux, il se raclera une fois encore la gorge, il mettra ses mains dans les poches, puis, sortira une main, et me demandera si je peux lui passer un cigarillo. Je lui en tendrai un sans broncher, la bouche fermée, avec mon « air de pouffe » comme dit Julie. Puis, je remettrai ma boîte de cigares de gentlewoman dans ma poche et je regarderai ailleurs...

Ah ! Le voilà qui se lève de sa chaise, je le vois dans mon champ de vision... ah non, il ne sort pas... j'crois qu'il va vider l'eau des pâtes... m'en fous, j'attendrai...

Deux minutes chrono plus tard, il enfile son manteau et sort du bar-resto.

Il reste silencieux, il se racle la gorge, il met ses mains dans ses poches, puis, il sort une main, il me demande un cigarillo. Je lui en tends un sans piper mot. Je remets ma boîte dans ma poche et je regarde ailleurs. Impression de « déjà view».

La tête basse, il tire une taffe... puis me « regardasse »... « Bon, arrête de faire ta mauvaise tête. Je vais passer un coup de bigophone à mon pote journaliste, un vieux de la vieille, un vrai... Il est à la retraite, je précise, car toi et les journalistes actifs... on ne peut pas dire que vous filiez le parfait amour... mais je ne te garantis rien... »

Gabriella 1 - Le Poulpe 0

CHAPITRE 5
LE CHARCLOTS, BOÎTE À BOBOS

Lili m'a proposé une petite sortie, dans le beau Paris. Lili, pour rappel, c'est la meuf chez qui je squatte, celle qui vit à côté du spécialiste des genoux.

La petite bourgeoise a le bourdon en ce moment. Fille à papa née avec une cuillère en argent dans la bouche, faute de l'avoir plantée dans l'anus, elle n'a absolument aucune conscience du monde réel qui l'entoure. Madame Lili poursuit ses études, elle attaque sa dernière année de médecine.

Elle a connu les heures de dur labeur, comme elle dit. Nous n'avons pas le même vécu.

Ce soir, elle ne va pas bien, car la chatte de sa mère est sur le point de mourir. Ça doit venir de la ménopause, que je me dis...

Direction le café des Charclots, en taxi pas en Uber, Madame a les moyens, j'en profite, c'est elle qui régale. Après tout, je peux bien lui rendre service, puisqu'elle m'héberge.

Je suis la plus classe des SDF de France... je porte une robe de soirée taillée sur mesure, en velours noir, une paire de hauts talons aux semelles rouges et, pour sublimer le tout, une fourrure cent pour cent naturelle de 1979.

Lili s'est sentie obligée de s'expliquer sur la provenance du manteau, car on se justifie sur tout aujourd'hui. Elle m'a dit l'avoir déniché dans une friperie du VIIe arrondissement. Quitte à porter de la fourrure, autant que ce soit de la vraie. Cette hypocrisie populaire me débecte. À l'époque de l'incitation au retour du naturel, du *nude make-up* et injection hyaluronidase, porter du synthétique, ça dénote, non ?

Je m'attends à quelques réflexions des bobos mais m'en tamponne. Je suis parée contre toutes attaques.

Y aura toujours une bande de peignes cul bien-pensants, qui considèrent que, pour sauver le monde, il suffit de faire le tri correctement, d'utiliser des pailles en carton, de manger bio, « car le bio c'est bion », et de ne plus consommer de viande. Six jours sous une benne, on va voir s'ils ne finissent pas par bouffer du rat.

Je me « visionne » dans le grand miroir sur pied, installé près de l'entrée.

« On se boit une petite coupe avant de partir ? » me lance Lili de la salle à manger.

Laisse-moi le temps de me mirer avant que je me noie...

J'avoue que cette tenue me va à merveille, ça change de mon look de baroudeuse. Lili m'a obligée à me vêtir ainsi. Elle ne voulait pas que je me pointe dans le bistro avec mon baggy et mon pull mité, car ce genre de look, ce n'est pas pour la *petite bourgeoisie qui flâne à Hawaï*.

Bref. Je la rejoins dans le salon.

En me voyant arriver, elle éclate de rire, est-ce du foutage de gueule ?

« Oh mon dieu ! Gabie ! T'es canon, ça te va très, très bien, tellement bien que je t'offre cette tenue ». Bien évidemment j'accepte, en me disant, qu'en cas de galère, je pourrai revendre la came.

Elle me tend une coupe. « À notre amitié ! » elle me sort en plissant légèrement les yeux. Doucement petit poney, j'suis pas le genre de meuf à accepter n'importe qui dans mon cercle d'amis. Je n'en ai pas des masses des amis, trop chers à l'entretien. Faut toujours être là pour eux, et ensuite faut se ruiner pour leur anniversaire. Moins j'en ai, mieux je me porte.

Lili s'attache vite aux gens, naïve, gentille, perdue ; pas compliqué pour les prédateurs de prendre l'ascendant sur elle. Elle s'est pourtant fait avoir moult fois, mais rien ne lui a servi de leçon. Elle morfle, et elle y retourne quand même. Fille cultivée, mais un peu con-con, comme quoi, ce n'est pas à l'école qu'on forme des gens intelligents, au contraire.

L'école c'est le formatage de cerveau assuré. J'suis bien heureuse de n'avoir jamais usé mes fonds de culotte sur les bancs d'une université.

Lili me parle mais je l'écoute à peine. J'ai activé les notifications Google sur mon portable, en ce qui concerne l'affaire Marine. Je suis très professionnelle comme fille. La populace a besoin de moi. Je rédige des articles sur les faits divers-*c'est de saison*, du moins les faits divers qui me percutent l'esprit… Par exemple, je m'en tamponne de savoir où est passé Doudou le Coq ; de connaître la fin de l'histoire de ce naturiste qui s'est fait piquer son sac par un sanglier ; ou encore de parler de l'exclusion des personnes odorantes dans les bibliothèques à Montréal.

Je jette un coup d'œil rapide à l'article sur

Marine, pendant que Lili me cause de son dernier plan cul avec un certain Léon. Elle parle sans se soucier de savoir si ça m'intéresse ou non. Elle cause et elle cause, *hablar por los codos*... Je survole les premières phrases en caractères gras : **« Les recherches se poursuivent sur le meurtre de M. Marine, la police penche pour un règlement de compte »**... Mouaip, facilité, quand tu nous tiens.

On termine la bouteille et avant de quitter l'appartement, Lili me tend une pochette *Chutchut Pademark*...

Le débit de paroles de Lili est rapide, elle bafouille, bredouille... carabistouille... « Pour ton téléphone, ça sera plus simple... C'est un cadeau de Pierre, un de mes ex... Je t'ai parlé de Pierre ? Non... hannn... Pierre, c'était un gars extra, mais il est mort en s'étouffant avec une madeleine. » Je ne sais absolument pas quoi faire de cette information, mais j'opine du chef, non pas pour l'inciter à continuer mais plutôt par politesse. Elle m'explique sa rencontre, ses coups de bite, son coup de cœur, avant le décès Proustien...

On quitte l'appartement. Elle jacte encore... elle ferme sa porte, elle palabre encore... elle me prend le bras, tout en continuant à soliloquer encore, encore, encore.

Il me faut un peu plus de deux coupes de champagne pour être « pompette », c'est elle qui m'a soulée.

Le taxi nous attend en bas de chez elle. Lili rigole, car elle a bu une coupette de trop avant de partir, et apparemment, elle ne tient absolument pas l'alcool. Elle se marre, alors qu'à la base, elle est censée être « dépressive ».

Les sautes d'humeur des « sans-soucis » n'ont pas de prix.

Onze minutes de trajet, j'ai les portugaises qui bourdonnent... On se serait cru dans un BlaBlaCar.

Le chauffeur nous dépose, plus que quelques mètres à faire à pied.

Va falloir que je supporte les regards insistants des hommes, les fusillades oculaires des femmes jalouses, les bonnes paroles, les jolis mots et patati et patata...

Bordel, j'ai envie de rentrer à la casbah et d'attaquer ma petite enquête sur Marine, c'est con la vie parfois.

Le Poulpe ne m'a pas encore appelée, même pas un SMS, en même temps, je l'ai lâché il n'y a que quelques heures... pas de quoi se presser que je me dis.

Quand on parle du loup... Message sur répondeur : « J'ai eu mon pote, les flics seraient sur une piste, paraît que Lomagne est sur la liste des *suspects*, en un seul mot », petit rire de fond de gorge de fumeur... Lui et ses calembours, parfois qu'est-ce qu'il est lourd... Il poursuit « ... ça m'étonne, car Lomagne, je le connais... du moins, je le connaissais, à l'époque, je lui avais évité les barreaux... Je te parlerai de lui, un peu plus longuement, la prochaine fois et surtout de vive voix, car franchement, parler dans une boîte, c'est pas mon fort, Nelson... Bref, Lomagne, c'est un bandit mais pas un tueur. Sois prudente gamine... »

« C'est qui ? » me demande Lili en voyant mon portable collé à mon oreille gauche. « Mon père », je lui réponds en rengainant mon téléphone dans ma pochette d'apparat.

Lili me donne une petite tape amicale sur l'épaule... Je déteste ça... et elle se marre, encore, encore, encore... Elle me chope par le bras, et c'est ainsi qu'on pénètre dans le Charclot.

L'endroit, comme je m'y attendais est relativement *blingbling*, ça pue la poule de luxe. Je ne parviens pas à mettre un genre sur la musique crachée par les enceintes.

Y a du monde, trop de monde, du joli monde, un monde doré, paré, apprêté, tout ce que je hais.

Un vieux beau botoxé à mort, s'approche de nous. Il est nippé, j'te raconte pas... Veste de costard noir, chemise blanche sans cravate, sarouel Yohji Yamamoto, à son poignet, une montre Audemars Piguet Royal couleur champagne et à ses pieds des baskets Jimmy Choo Diamond blanches. On pourrait faire vivre un village en Afrique pendant deux ans en revendant son outfit.

« Hey salut ma jolie, dis donc, comment fais-tu pour devenir chaque jour un peu plus belle ? Si un jour tu cherches un mari, je suis « rédi » qu'il lui sort.

Lili connaît le patron, Lili connaît tout le « monde ». Le boss pousse un petit grognement primaire en posant son regard sur moi. J'ai envie de lui mettre mon index droit dans la narine gauche, pourquoi ? Parce que j'ai des envies cheloues, parfois...

Lili minaude, elle trépigne sur place, un coup sur un pied, un coup sur l'autre, quelle mascarade !

« Je te présente Gabriella, une amie qui loge chez moi, car elle est SDF, ça ne se voit pas hein ? Je n'allais pas la laisser dehors avec le froid qu'il fait ». Vas-y, raconte-lui ma vie, à cet inconnu. Elle s'étale sur mon existence car la sienne n'est pas si intéressante, triste tentative de susciter un soupçon d'intérêt. Elle me regarde et fait sa petite moue, qui à cet instant précis m'agace fortement. Je n'ai pas besoin de sa pitié, et je préfère être à ma place qu'à la sienne, enfermée dans sa prison dorée.

Je souris, car il paraît que c'est comme ça qu'il faut se comporter en société. Je tends ma main, alors que lui s'approche déjà trop près de moi.

« On peut se faire la bise, allons, toutes les amies de Lili sont mes amies... et tiens, je te laisse ma carte, si un jour t'es en galère et que tu ne sais pas où dormir, j'serai là pour toi ma mignonne »... Si je n'étais pas à son goût, je peux garantir qu'il m'aurait à peine regardée. Je grimace un nouveau sourire, et fourre le carton dans le petit sac que Pierre, ou Paul ou Jacques, a offert à Lili... On s'éloigne du bougre...

Lili dû m'entendre penser, elle a besoin, une fois encore de se justifier. « Il est super ce gars, il a le cœur sur la main, quand je viens ici, je ne paie rien, je l'A.D.O.R.E », elle me sort lorsque nous nous dirigeons vers le bar.

Pour ma part, on pourrait m'offrir un Salvador Mundi, que ça ne changerait pas mon opinion sur les gens. On ne m'achète pas ! on obtient mon amitié par des actes et non avec de la monnaie...

On se faufile entre les clients.

« Oh mon Dieu ! Ne me dites pas que c'est de la véritable fourrure ! », me sort une meuf brune au visage tiré, face de carpe... Je ne la connais pas, qu'est-ce qu'elle vient me causer ? « Non, je ne te dirai pas ça... » je lui réponds en soupirant...

— On dirait de la vraie, c'est impressionnant, c'est quoi comme matière ? Elle me demande en tripotant ma peau de Muppets.

— Du renard...

— Mais je croyais que... que... Oh mon Dieu ! Quelle horreur...

Je lui souris et lui fausse compagnie... Je savais que j'allais tomber sur une défenseuse du dimanche des droits des animaux.

De celles qui ont décidé de ne plus consommer de viande, mais qui, une fois seules, le nez dans le frigo, se gavent de poulet, et rongent les os.

De celles qui roulent en Mercedes classe C toutes options, intérieur cuir et tout le merdier.

On continue d'avancer, moi, derrière Lili, qui me traîne en me tenant par la main, comme si je risquais de me perdre. Je suis bien faite parfois, il m'arrive de me laisser faire afin de ne pas blesser les gens qui m'apprécient.

Cercle fermé de branleurs endimanchés. Ils sont tous serrés collés dans cette « boîte », les sardines baignent dans l'huile...

Un serveur nous demande si on désire une table. Lili secoue la tête de gauche à droite, et me tire sur la gauche : « On sera mieux au bar, mon lieu stratégique, ça me permet de pouvoir repérer, plus rapidement, si un garçon me plaît… Je suis tellement contente d'être avec toi ce soir ». J'aimerais en dire autant.

On ne passe pas inaperçues, entre Barbie Gnangnan et Penthésilée, faut voir comme les hommes d'un coup sont affolés.

On s'installe au bar. Lili a failli se ramasser en montant sur son grand tabouret. Elle se marre comme une baleine. Je devrais être mal à l'aise, mais au contraire, la situation est relativement grisante, j'ai toujours aimé observer les gens dans leur ridicule.

Lili parle un peu trop fort, elle « trébuche » sur chaque mot.

Elle commande une bouteille à « EDWOUAW-WWWDE », l'un des serveurs qui essaie de reproduire une séquence du film « cocktail », de façon maladroite. Il fait tomber sa bouteille à deux reprises, loupe les verres, a failli glisser sur un glaçon exilé. Il transpire, et lance des regards à la volée, comme s'il craignait que quelqu'un vienne le sermonner.

Flanagan n'existe plus depuis longtemps… On est en France en 2023, pas aux US en 1988. Plus les années passent, moins les gens sont compétents, ils le sont, de plus en plus, en deux mots, mais pas en un seul. Celle-là ferait marrer Le Poulpe.

Notre bouteille à peine commandée est aussitôt

servie. C'est moi qui verse le liquide gazeux dans les verres, car Lili est juste capable de les boire.

Un gars, bon chic bon genre, verre de sky à la main, s'approche de moi. Lili se tourne vers un blondinet tout juste sorti de l'adolescence, avec du lait caillé au coin des lèvres.

Le pelo, que j'ai la chance de me coltiner, m'envoie ses jets de vapeurs d'alcool, avec surplus salivaires en pleine face. Je ne pipe pas un mot de ce qu'il me dit. Je lui tape l'ignore, et, contre toute attente, il me lâche de lui-même, en me traitant de connasse, me semble-t-il.

Y a encore du boulot avant que les nanas puissent sortir de chez elle, sans être emmerdées par des individus testostéronés.

V'là que Lili, complètement déchirée, se lève, se rend sur le dance floor et se met à danser en se déhanchant de façon relativement sexy. J'avoue que la frangine ne me laisse pas complètement indifférente pour le coup. Une envie su-bite de me frotter contre son joli petit cul... Mais il n'est jamais bon de se taper les gens qui nous hébergent, ça fout tout le temps le merdier.

Mon portable vibre...

« Tu connais une Carine ? », me textote Gabriel.

« Carine comment ? »

« Serveuse du B. Burger. »

Carine, Carine... CARINE... mais oui, ça y'est, ça me revient... la vieille avait lâché son pré-blaze à la Sainte-Scolasse. « Je ne la connais pas personnellement, mais une de tes potes en a parlé ce matin ».

Le Poulpe n'est pas adepte du texto, ancienne

génération oblige… Il a bien essayé à trois reprises de m'appeler, mais je ne peux pas répondre.

Je replace mon téléphone dans la pochette à paillettes. Je pense à la tournure que vont prendre les événements tout en terminant ma coupette.

Je regarde autour de moi, et je me demande vraiment ce que je fous ici, alors que j'ai un article en tête qu'il faudrait que je commence à construire.

Bien envie de commander un autre verre, comme si l'alcool pouvait combler le vide et me permettre d'oublier ma perte de temps.

« Je te dis que Marine s'est fait dessouder par l'un des gars de la bande de H. » Hurle un homme à côté de moi.

Mon oreille glisse tout en restant en place.

– Je ne le connais pas, moi, ton gars, répond un autre homme.

– T'as pas écouté les actualités ? Même BFM en a parlé. Quand j'ai entendu ça, ça m'a laissé sans voix.

Je me tourne vers les deux gars qui discutent bruyamment à côté de moi.

L'homme lève les yeux au ciel, boit une nouvelle gorgée, regarde à droite et à gauche… « I don't care !!! » Pas besoin de le dire, à son comportement, moi, je l'avais deviné…

Les deux hommes ont dans les quarante-cinq piges, le genre à se balader en ville en costard cravate, en tenant à la main un attaché-case en cuir italien… avec l'allure de ceux qui « enculent le monde »…

« Monsieur Marine a trempé dans des affaires

louches, mais il était craint comme la peste... », continue l'homme de gauche, qui ressemble à Beigbeder. Il hache ses phrases, il crache quand il parle, il voudrait convaincre son camarade de l'importance de la situation. Il enchaîne les mots, mais son interlocuteur à l'air de s'en moquer.

Ma curiosité me pousse à engager la conversation. Peut-être que « Frédéric » pourra m'apporter des éléments supplémentaires pour la rédaction de mon article.

Je fixe le vieux beau, je papillote des yeux, je lui souris... Je fais mouche... Il ne parle plus de Marine, il se tait, il me sourit à son tour et tend vers moi son verre de sky... Dans la foulée, je soulève le mien, pour lui signaler que ma coupe est vide.

Il appelle l'autre barman par son petit nom, Hugues, *sans même le saluer*... Il vire son copain d'un mouvement de main. L'autre gars me jette un regard, donne un petit coup d'épaule complice à son poto en se levant, certainement soulagé de ne plus entendre son copain parler de choses dont il se fout éperdument. Il se casse vers le fond de la salle.

« Fred » se rapproche de moi... Hugues nous demande ce qu'on veut, je demande une autre coupe de champagne, autant joindre l'utile à l'agréable.

« Sympa votre accent, je m'appelle Francis » il me dit. Francis, Frédéric, c'est kifkif... « Enchantée, moi c'est Gabriella »... Il sourit une fois encore et il poursuit, « Vous venez d'où ? »

— De Bolivie, je réponds.

— Vous parlez très bien français, il me sort,

alors qu'il n'a entendu que deux pauvres mots sortir de ma bouche.

— Ça fait presque huit ans que je suis en France, et je n'ai pas eu d'autre option que d'apprendre à m'exprimer correctement et rapidement dans la langue de Molière, les Français, c'est bien connu, ne font aucun effort pour parler une autre langue que la leur...

— Oui c'est vrai... en huit ans, c'est incroyable...

— Je parlais déjà français avant d'arriver ici, j'ai eu un très bon professeur...

— Tu as quelqu'un qui t'attend à la maison ? Il me demande les yeux de plus en plus vitreux, et la queue en feu...

— Non, pas pour l'instant...

— Moi, j'ai quitté ma femme, elle pompait plus que ma voiture...

Et bla-bla-bla... Je fais bonne figure et ne relève pas sa réflexion.

Je passe en avance rapide le dialogue bateau de la première prise de contact, entendu des milliers de fois. Je calcule à peine ce qu'il me raconte, juste des bribes de mots que mon cerveau chope au vol ; finances, président - *pas le fromton*, sa femme, son divorce, ses gosses et patati et patata...

Va falloir que j'enclenche la seconde, sinon, dans peu de temps, il va se foutre à chialer en disant que sa vie est à chier.

Lorsqu'il m'interroge sur mon métier ; *car dans ce pays, seule la situation professionnelle intéresse les gens*, je luis sors un bobard, que je suis mannequin chez Kranel, embauchée il y a une semaine… Il connaît Marlène de chez Strass Model Management. J'invente que je ne l'ai rencontrée qu'une seule fois, que je n'ai pas eu le temps de converser avec elle… que je doute qu'elle se rappelle de moi, car dans le milieu, elle en voit des femmes « défiler ».

Maintenant, il va falloir que je trouve un moyen de parler de Marine, tâche ardue… Je profite d'un court silence pour sauter sur l'occasion. « T'as entendu cette histoire de meurtre ? C'est incroyable, ça fait très peur… » que je lance, comme si on vivait dans un pays où la sécurité prime, *Bienvenue à Gattaca*.

— J'en parlais avec Jean-Pascal… oui, j'en ai entendu parler, ce qui est troublant c'est que je connaissais la victime. On pense toujours à tort, que ce genre d'histoire n'arrive que dans les films, mais quand ça nous tombe dessus, c'est traumatisant. Il me dit.

Il me semble avoir perçu dans son œil gauche, une larme pointer… ça doit venir du trop-plein.

— C'était un proche ? Je lui demande, en baissant légèrement la tête.

Je suis une experte des techniques de manipulations corporelles et gestuelles, afin que l'interlocuteur se sente en parfaite confiance.

Ma main sur son avant-bras, j'assois ma domination compatissante.

— Un ami ? C'est un bien grand mot, disons plutôt qu'il était connu dans le milieu… Je ne peux pas en dire plus. Je ne l'ai rencontré qu'une ou deux fois… Il me répond.

— Il paraît qu'il trempait dans de drôles d'histoires...

— Comme beaucoup de monde aujourd'hui...

— C'est quoi la bande de H ? Je vous ai entendu en parler tout à l'heure ?

— Oh là... C'est un interrogatoire ma jolie ? Il me demande en souriant, et en posant sa main sur le haut de ma cuisse...

Je ne pense pas tirer plus d'informations ce soir... L'homme me fixe, me fait les yeux doux... Je risque de m'attirer des histoires.

Sans transition, comme BFM TV, je trouve une parade, je lui dis qu'il faut que je retrouve ma copine... Il me répond qu'il pourrait m'aider à la chercher. Je refuse gentiment, bien évidemment, j'ai appris à mettre de l'eau dans mon vin avec le temps.

Il n'a pas l'air d'avoir envie de me lâcher. C'est son pote, Jean-Pascal, qui me sauve.

Le voilà qui revient vers nous, clopin-clopant... « Hey ça va vous deux ? » il lance en donnant une petite tape sur l'épaule de Francis... « Ah ! mon amie est là-bas ! Bonne soirée ». Je prends ma coupe et me casse.

Francis a bien essayé de me retenir, mais c'était sans compter l'apostrophe aussi impromptue qu'inespérée de son ami : « J'ai fait une rencontre avec une fille formidable, dans les toilettes ».

Je me faufile tant bien que mal entre les clients pour rejoindre ma copine.

Lili est entourée de trois hommes, plutôt grands et costauds... Il me semble en reconnaître un… instinctivement, je sors mon portable, le garde à la main en position vidéo ; *caméra cachée…*

En m'approchant, je vois distinctement l'artiste en question. Je ne me suis pas trompée, il s'agit bien de lui. Sa main est posée sur le cul de ma blonde, *qu'il fait bon, fait bon, fait bon*[1]… Il parle trop fort, avec, à ses côtés, deux autres pingouins coincés dans leur costume trop cher.

Je te présente, Etienne de la Courbière, grand acteur en vogue. Trente-cinq piges. Il a gagné un « escarre » l'an dernier, et se prend pour Marlon Brando, le charisme et le physique en moins. Faut voir comme il se la raconte cet empafé, pourtant il n'y a pas de quoi. Je sais bien que les goûts et les couleurs… Mais ceux qui le prennent pour un grand comédien manquent, sans nul doute, de culture cinématographique.

Je n'aime pas son jeu d'acteur, mais en 2023, seul le buzz compte.

Il alimente ses réseaux sociaux avec des vidéos trend « la cheche synchro » #chechechallenge… des instants de repas de famille chez un Turque qui saupoudre du sel sur de la barbaque en or, des playbacks à bord de son véhicule avec la gueule inclinée pour laisser apparaître la marque sur l'appuie-tête, bref une vraie source d'inspiration innovante pour ses followers.

L'homme rit encore, trop fort…

« Je te le répète ma jolie, dès que je suis rentré, je t'ai remarquée. » Il lance à Lili…

Je m'approche de ma copine. Le gars me fixe, difficile de me louper, avec mes un mètre quatre-vingts, plus mes dix centimètres de talons, je domine le monde.

— Oh mais qui est donc cette beauté ? Une amie à toi jolie blondinette ? Tu nous l'avais cachée... Tu sais qui je suis ? il me sort, en lâchant Lili et en essayant de poser sa main sur mon popotin.

Bien évidemment, je me suis décalée à temps.

— Oui, et ? Ça te donne le droit de poser ta main calleuse sur toutes les croupes ?

— Oh ! Mais elle a du caractère la jolie... Je suis certain que tu aimes les sentir danser dans ta bouche. Il me dit avec un rire graveleux.

— Quoi ?

— Tu connais Linda Lovelace ? me demande-t-il dans un fou rire gras.

Les deux empafés qui l'accompagnent éclatent de rire... et le pire c'est que Lili aussi... faut toujours rire quand une célébrité fait une blague salace, faut toujours bien se faire voir, au risque d'être black-listés.

Grâce à Gabriel, et manque de bol pour trou duc, j'ai une bonne connaissance cinémato-pornographique. Je hoche la tête, et lui sors, « Ah OK, on en est là... à savoir si je suis adepte des gorges profondes ? Et ma bite ? tu veux la sentir taper contre ton cul connard ? »

Ça y'est, v'là que je commence à sentir mon animal intérieur se réveiller, « la Loba »... ça va être moche si je lâche la bête...

Lili s'approche de moi... Elle regarde l'acteur, pince ses lèvres, déglutit et dans un petit rire gêné lui sort : « Ma copine ne pense pas ce qu'elle dit... ».

« Une Chienne de garde, c'est excitant, elle doit avoir une chatte aussi ouverte que sa gueule ». répond le pseudo acteur...

Lili, voyant que je commence à changer de couleur ; lèvres pincées, poings fermés prêts à frapper, prend le bras du « dictateur » et lui sourit en lui bafouillant quelques mots polis... « Tu es plus agréable que ta "copine", et dans copine, y a... pine » il dit en se rapprochant de Lili et en pouffant de rire comme un idiot-bête.

Lili sourit niaisement, je crois même qu'elle rougit. Il n'y a pas de quoi s'extasier devant ce débile. Je lui foutrais bien un coup de schlass dans la jugulaire à cet enfoiré. Mais là, à cet instant précis, ce n'est pas possible, non pas que je n'ai pas prévu la lame, mais plutôt qu'il y a un peu trop de témoins autour de nous...

Je le vois s'approcher encore plus près, le voilà qui pose de nouveau sa main droite sur la hanche de ma pote.

« Ça va bouffon ? Le "consentement", tu connais ? Où est-ce un mot banni de ton vocabulaire ? » Je lui lance.

Qu'est-ce que je n'ai pas dit... Lili me fait les gros yeux et me rétorque : « N'y a pas de problème Gabie, je t'assure, j'ai beaucoup d'admiration pour Monsieur de la Courbière... » Comment qu'elle se met à causer la greluche ? J'ai envie de lui arracher ses faux ongles les uns après les autres. Je suis en train de prendre sa défense et au lieu de se rallier à ma cause, elle m'envoie bouler. Après tout, peut-être qu'elle aime ça, se faire tripatouiller par un inconnu et passer pour une ingénue.

« Voilà, écoute donc ta copine et prends-en de la graine » qu'il me sort le mONNNNsieur.

— En prendre de la graine ? Tu t'écoutes parler ? La graine va rester dans tes petites baloches, mon gars !

Je ne l'avais pas vu arriver-*pas le coup de poing dans ma gueule...* mais le boss du restaurant. Il pose sa main sur mon épaule et me sort : « Mademoiselle, gardez donc votre calme, et restez courtoise... Cet endroit n'est pas un bar à tapas. »

V'là qu'il a changé de ton, le patron. Je pourrais lui faire bouffer sa carte de visite par l'anus à cet enfoiré-là. Il me regarde de haut, pour protéger cet ersatz de célébrité de mes deux ovaires, il sait que j'suis une pauv' fille sans domicile fixe... pas de discrimination positive sans léchouille par ici...

Il me fait clairement comprendre, que je ne suis pas à ma place, et que la rue se situe un peu plus loin, à droite, en sortant... Je prends sur moi mais... à l'intérieur, ça bouillonne. Il faut que je parvienne à calmer mes pulsions, et pour se faire, je décide de sortir m'en griller une. Je sors mon paquet de cigarillos, et là, un des sbires de Monsieur l'acteur-super-célèbre gueule en se marrant : « Elle fume des cigarettes de camionneurs, ceci explique cela ».

— Ceci explique quoi ? je réponds en regardant fixement mon interlocuteur...

L'effet de groupe donne des couilles aux suiveurs.

— Ça doit brouter du minou... y a qu'une lesbienne pour être aussi vulgaire.

Je m'approche du gars, mais Lili s'interpose de nouveau. « On y va Messieurs. Nous vous souhaitons de passer une excellente soirée. » Elle sourit, toujours bêtement.

— TU leur souhaites de passer une bonne soirée, ne parle pas en mon nom, que je lui réponds.

Elle baisse la tête sur le côté, esquisse un petit rictus qui pourrait attendrir un *mellivora capensis*. J'avoue que je flanche un peu et baisse ma garde à mon tour. Allons donc fumer, et quittons cette bande de caves, mais c'est sans compter une nouvelle intervention du chef des idiots...

« Tu ne vas pas partir comme ça... on a encore tout un tas de choses à se dire. À moins que, comme ta copine, tu sois de celles qui préfèrent brouter le gazon... Tu sais, grâce à moi, tu pourrais revenir sur le bon chemin... ma jolie... »

Je me tourne vers le patron, je hausse les épaules, et lui dis : « Et là ? On ne dit rien ? On laisse faire ? »

— Mademoiselle, voyons, il est clair que Monsieur de la Courbière est en train de rigoler, êtes-vous donc dépourvue de tout sens de l'humour ?

Sauver par le gong... Y a un des « compères » d'Antoine qui reçoit un coup de fil. « On ne va pas pouvoir rester, Yves nous attend sur le tournage. » Il dit.

— Dis à Yves qu'on arrive dans vingt minutes, je n'en ai pas terminé avec Mademoiselle...

— Antoine... Yves m'a dit que c'était très important... Paraît que...

— ... OK, je sais, on y va.

La bande de rustauds se casse... tant mieux... Adieu les cons !

Nous sortons ENFIN du « Bar branché ». Les trous d'balle ne sont pas dans la rue, ils ont dû prendre la « sortie » des artistes.

Je respire un grand coup, je porte à mes lèvres ma « clope de gouine », je reste silencieuse quelques secondes, en observant le pied droit de Lili faire tourner un petit caillou...

« Bon, tu m'expliques ? Je dois avouer que je suis un peu larguée. » Je demande à Lili.

— C'est ANTOINE DE LA COURBIÈRE bordel, le gars, il peut m'ouvrir les portes sur le monde du cinéma... Je ne te l'ai pas dit, mais je rêve d'être actrice...

— ... toi ? Actrice ? Mais tu fais des études de médecine ! Tu as plus d'avenir dans le métier que tu as choisi, qu'en tant qu'actrice, je t'assure. Tu ne vas pas me dire que tu fais partie de ces femmes assez naïves pour croire qu'un queutard peut aider à dénicher un contrat dans le cinéma ? Pas toi, Lili...

— Il m'a dit que j'avais la tête de l'emploi... elle me répond, la tête basse tel un cochon sourd.

— La tête d'une petite greluche qui pourrait le sucer, oui, et après, il fera ce qu'il veut de toi, et te lâchera comme une merde puante un lendemain de cuite. Putain, ça me donne la gerbe...

— De toute façon, ils sont partis... On se rentre ?

— Ouais, j'vais pondre un article sur la célébrité et ses enjeux.

— Tu ne me cites pas et tu ne cites pas Antoine hein ?

— Toi, non, je ne te citerai pas... J'ai tout enregistré, plus qu'à mettre en ligne la petite vidéo, le son risque d'être un peu pourri... l'image un peu grainée, mais c'est toujours mieux que rien et ce sera d'utilité publique.

1 - N.d.A. : *Auprès de ma blonde, qu'il fait bon, fait bon, fait bon...* Chanson composée en 1704, sous Louis XIV, et attribuée, selon une tradition locale, à André Joubert du Collet, cette chanson est probablement l'une des plus représentative des chants populaires français. (Sources Wikipédia) Tu la fredonnes ?

CHAPITRE 6
LES DÉLIRES DU POUVOIR

Morphée a sodomisé mon cerveau toute la nuit ; maux de tête carabinés. J'ai la nausée... pas si bon que ça, le champagne du Charclot.

Je me lève tant bien que mal, je suis sur les rotules...

Assise sur le bord du lit, la tête dans les mains, les pieds sur le sol, *et tchic et tchac han han...* Je repense à l'empafé d'hier, il n'a pas fini de tourner sur orbite, ce gros con... esprit de l'escalier. J'aurais dû le choper, lui faire goûter à ma lame, rien de tel pour entamer une véritable discussion. J'enrage...

En 2024, les femmes sont toujours mal considérées.

Hystériques, lorsqu'elles ouvrent trop leur gueule ;

Vulgaires, lorsqu'elles emploient deux trois mots argotiques ;

Gouines, lorsqu'elles fument des cigarillos ou des roulées. Ce dernier point ne me dérange absolument pas, car je suis à voile et à vapeur.

La femme doit rester discrète, bien se comporter, fumer des Vogues menthol en crapotant, ne pas boire d'alcool ou seulement du kir-royal, elle ne doit jamais être bourrée, juste pompette, et elle doit surtout rire aux blagues graveleuses de certains hommes... j'enrage, et quand j'enrage, il faut que j'écrive ; écrire pour nettoyer ce qui doit être conchié... Mon article « bonus » se met en place doucement dans ma tête.

Lili toque à ma porte. Yeux cernés, Rimmel qui a coulé, lèvres asséchées et cheveux en vrac, mais malgré tout, elle reste délicieuse à regarder.

Trop mignonne l'hôtesse, elle m'apporte un kawa, mais presque froid. Je ne dis rien, et avale le breuvage-capsule d'un trait.

Elle se racle la gorge et me sort : « J'suis malade, je ne vais pas en cours today, tu restes avec moi ? » Ce n'est pas l'envie qui me manque, du moins, en ce qui concerne ce matin. Mais... « Non, je ne peux pas, faut que je bosse, toi, tu ferais bien de te reposer un peu » je lui réponds. Elle pince ses lèvres, baisse le regard. « Tu sais, je ne vais pas me dédouaner à cause de l'alcool que j'ai ingurgité, mais je voulais te dire que tu avais raison, je me suis mal comportée ». Je savais bien qu'elle avait un truc à cracher. Ça se voyait sur sa trombine... Je lis dans les gens comme dans un livre ouvert.

— Laisse tomber, ce n'est pas toi le problème, c'est l'autre âne bâté. T'as encore ce mauvais réflexe, ne te blâme plus jamais...

— La parole du juste, elle me répond en souriant.

Ce que je ne lui dis pas, c'est que la parole du juste, malheureusement, n'existe pas. Il faut arrêter de se voiler la face, on est tous des paumés, des névrosés, seuls, plus que jamais.

Du coup, pour ne pas être prise au piège par Lili, je décide de prendre mon manteau et me casser...

* * *

Dix heures trente du mat', il fait un peu froid

dans le troquet. Je garde ma veste pour travailler, les doigts glacés, plus difficile pour taper sur le clavier. J'efface plusieurs fois le début de mon article, il faut que je trouve les mots qui conviennent, les phrases qui accrochent, sans me laisser porter par la haine et la colère. Si je me laisse envahir par mes émotions, je risque de décrédibiliser ma chronique. Je réchauffe mes mains en englobant ma tasse de café chaud.

Je jette un coup d'œil panoramique… comme si ça allait m'aider à structurer mes idées.

Accoudés au comptoir, ouvriers en bleu de travail et paperassiers en costard-cravates se côtoient… vers midi ce sont les salariés des bureaux environnants, ou des retraités, et le soir, les amoureux transis, rencontrés sur « EnChien.fr ». Il y a également les bandes de copines qui ont besoin de se détendre et les bandes de copains qui boivent pour oublier leurs misères quotidiennes.

Juliette s'approche de moi, elle s'essuie les mains sur un torchon mal en point… « Ça va ? T'as l'air remontée… »

— C'est dingue comme tu parviens à sentir les gens… je lui réponds en bâillant.

— J'ai fait psycho avant de reprendre le resto, elle me dit en s'essuyant les mains pour la énième fois. Toc ou tic ?

— Pourquoi tu n'as pas continué ?

— Pas besoin de diplôme, je suis la psy de tout le monde par ici… Alors, qu'est-ce qu'il se passe ?

— Je suis en colère contre le comportement de certains hommes envers les femmes…

— Tu sais, les hommes changent, ils sont une minorité, aujourd'hui, à ne pas respecter les femmes. La société évolue, lentement, mais elle évolue... Toi, tu vas encore nous pondre un article qui va mettre le feu aux poudres sur la toile...

Perchée sur la porte d'entrée, la petite clochette retentit. Juliette se tourne vers trois nouveaux clients. « Je te laisse bosser, je lirai ton article lorsque tu l'auras terminé et posté »

https.//www.ecoiwia.fr

UN IDIOT AU CHARCLOT

Décembre 2023 10:02:59

Salut Humain,

Je prends mon clavier, de bon matin, pour te narrer une de mes histoires de vie dont tu es si friand.

Hier soir, je me suis rendue dans un bar branché avec une amie. Pour des raisons personnelles, je ne vais pas citer son nom.

Qui dit « branché », ne dit pas automatiquement du high level, au contraire. Tout est dans le titre.

On est tombées sur Antoine de la Courbière, acteur que beaucoup affectionnent en ce moment. « Tombées » je ne peux pas trouver meilleur comme participe passé. Si dans les films, les héros sont souvent touchants et attachants, dans la vie, il en est tout autrement.

Antoine de la Courbière est un enfoiré de

première. Un misogyne, sans classe, ni vocabulaire.

Antoine de la Courbière ne mérite pas qu'on lui fasse tout un tas de courbettes.

Plus les gens se rabaisseront devant ce genre d'énergumènes, plus ces débiles prendront du grade. En tant qu'icône du système, ils n'ont plus la notion de ce qui est bien ou mal.

Je te laisse visionner la vidéo, prise en caméra cachée, et me donner ton ressenti dans les commentaires. N'hésite pas à partager... plus la lumière sera faite sur ces actes insensés, plus les stars apprendront à se comporter en humains respectables et non plus en loups affamés.

<VID. ANTOINE DE LACOURBIERE ENFOIRÉ 12-2023.mp4 »

Je n'invente rien et on ne pourra pas m'accuser de diffamation, tout est là, pas besoin d'en faire plus.

Certains avaleurs de sensationnel seront peut-être déçus du contenu non pornographique de ladite vidéo. Si c'est du visionnage-branlette que tu recherches, va donc faire un tour chez Mimiche et Kikette.

Certains autres, encore, diront qu'il n'y a pas de quoi fouetter un crabe, et que des situations, comme celle-là, pullulent dans les « faits divers ». Est-ce une raison pour continuer à accepter des comportements aussi machistes ? J'en doute. Enfin, une infime partie, qui n'a rien à foutre sur mon blog, soit dit en passant, pensera que je suis une chercheuse de badbuzz pour faire monter mes audiences. À ceux-là, je répondrai tout simplement, que je n'ai pas besoin de ça pour attirer la curiosité des lecteurs.

Mes coups de gueule, mes coups de sang, continueront à dénoncer toutes formes d'injustice.

La parole se libère, il était temps.

J'ai entendu quelques réflexions désobligeantes, lorsqu'une femme portait plainte contre son harceleur, son agresseur. J'ai entendu que ces femmes pourraient, sous couvert de vengeance, abuser d'un #malplacé.

Cependant, dans la plus grande majorité, les femmes n'inventent rien, elles osent juste enfin parler. Amour paix et débats d'idées.

Libre à toi, bien évidemment, de continuer à encenser la Courbière, après tout peut-être fais-tu partie de ceux qui dissocient l'homme de l'acteur...

Sur ces mots bâclés, écrits en mode enragé, je te souhaite de passer une excellente journée.

N'hésite pas à commenter et partager.

À plus dans le bus comme dirait Marius.

CHAPITRE 7
LE TESTICULE DE LÉON

Je tends la main, je chope mon portable. Six appels en absence du Poulpe et un message : « RDV 13h30 St-Sco ».

***

C'est à treize heures douze minutes que je pousse la porte de mon QG. Pas de Poulpe en vue pour l'instant. J'ai l'estomac sur les orteils et l'odeur de bouffe amplifie ma nausée. Quatre clampins sont en train de boire un verre de vin. Mais où est Léon ? Julie et Juliette s'activent derrière le bar. Je donne une petite tape sur le comptoir, histoire d'attirer l'attention. Ils font souvent ça dans les films... « Il est où l'Allemand ? »

— Chez le véto, me répond Juliette en remettant sur l'étagère du haut, une bouteille de sirop.

— Qu'est-ce qu'il a ? demandais-je.

— Rien de bien méchant, une petite intervention chirurgicale, tumeur testiculaire... j'avais dit à Ju qu'il fallait le castrer, mais elle garde en tête l'espoir qu'il puisse un jour avoir des « bébés », à son âge, quand même... répond Juliette.

— Oh ! arrête s'te plaît, ce n'est pas le moment de déconner, mon fils se fait triturer les roubignoles, et j'suis un peu stressée... lui répond la rouquine en fronçant les sourcils.

— Ah ! OK ! j'espère qu'il se rétablira vite... Je vais prendre un cocktail comme d'hab. Il vous reste du Singani ? Ou faut-il que je rappelle mon frérot pour qu'il vous envoie une caisse ?

— Ça va, on verra ça le mois prochain. Me répond Juliette.

C'est une impression, ou le ton de la blonde est un tantinet agacé ? Il doit y avoir de l'eau dans le gaz avec sa Julie...

— Il n'y a pas grand monde aujourd'hui, je constate en jetant un coup d'œil rapide sur la salle quasi vide.

— C'est depuis la pandémie, les restos tombent comme des mouches, nous, on survit, mais jusqu'à quand ? répond Julie tristement.

La recette des tyrans pour soumettre sans vergogne la population a évolué ces dernières années. Endiguer les soulèvements du peuple n'est pas tâche aisée. Une pincée de terrorisme sur fond d'état d'urgence nappée de menaces de guerre, ne suffisait plus. Incorporer la pandémie, le confinement et la résilience pour agrémenter leur fausse morale, parce qu'ils en vivent trop bien, et vous aurez une bonne sousoupe à servir au vilain.

Orwell doit rire jaune perché sur son nuage.

— Je rêve d'ouvrir une auberge en Ardèche, au milieu de nulle part, pour quatre couples uniquement, on servirait juste le petit dej... on aurait un petit potager, des poules... dit Julie en essuyant un verre, et avant d'être interrompue par Juliette.

— ... Je t'ai dit qu'on le fera, faut juste terminer de payer les traites... Puis, avec toi, on ne sait jamais sur quel pied danser. Aujourd'hui, c'est l'auberge, et demain tu me reprocheras d'être casanière, tu me reprocheras qu'on ne bouge pas assez, et que toi t'as besoin de vivre des choses pour te sentir vivante...

Affirmatif, y a bien de l'eau dans le gaz... Je laisse les filles dans leur *dialogue du vagin.* Tout ce que j'espère c'est qu'elles resteront assez longtemps pour que je puisse continuer à venir boire mon Singani ici. J'espère qu'elles partiront le jour où moi aussi, je mettrai les voiles, de façon définitive.

Gabriel vient d'arriver, il s'est installé en terrasse, et il est en train de lire son baveux *« Parisien »*. Il fait relativement bon aujourd'hui. Les filles n'allument plus les radiateurs extérieurs, à cause de la hausse de l'électricité... en dix ans, cinquante pour cent d'augmentation, on nous prend vraiment pour des cons. Je sors rejoindre mon vieux.

« Salut gamine » lance Le Poulpe.

— Salut le vieux, ça va today ? Je demande toute guillerette.

— J'sais pas trop, j'ai mal à la gorge depuis hier, je crois que j'ai de la température...

— Faudrait que t'arrêtes de cloper, le cancer te guette...

— Tu crois ?

— J'en suis certaine...

— J'vais faire un test, je crois que je suis covidé... J'ai fait des analyses, le mois dernier, tout est en ordre à part pour mes Gama GT, plus de 55UIL... J'y retourne la semaine pro pour un contrôle supplémentaire.

— Ce n'est pas la clope qui va te tuer, ni l'alcool

et encore moins le covidocircus, on n'a pas ramassé nos morts que je sache... Arrête donc de te faire tester, ça devient pathologique à ce niveau-là, t'es quadruplement vacciné... C'est ton hypocondrie qui va te tuer.

Depuis la mort de Cheryl, Gabriel est persuadé qu'il va crever, d'ailleurs il a raison, c'est ce qu'il va se passer... on est tous condamnés à mort qu'on se le dise, mais la mort, ça l'effraie, *comme la chouette*. Plus on vieillit, paraît-il, plus on devient hypocondriaque.

« Les news sont bonnes ? » Je lui demande en jetant un coup d'œil à son journal.

— Toujours les mêmes rengaines, la peur, la peur, la peur et bordel que ça fait peur ! Demain soir, direction le Billy Burger... il me sort en repliant son canard.

— Oh ! Une mission secrète, j'adore... y a Julie qui m'a dit que le Marine abusait de ses salariées, tu le savais ?

— Abuser, abuser, c'est un bien grand mot, elles étaient consentantes, mais les femmes aujourd'hui, on ne peut plus leur parler sans qu'elles se sentent agressées.

— Tu déconnes, là, j'espère ?

— Tu me fais chier avec mon cancer imaginaire, je t'emmerde sur les sujets qui te touchent... logique...

— T'es vraiment un...

— ... Allez stop maintenant... T'as des news de ton pote qui bosse à la BRI ? Il pourrait nous aider...

— Mathias ? Je mets un peu de distance. Tu

connais les hommes, tu couches deux trois fois avec eux, et ça y'est, ils veulent t'emprisonner dans la cage dorée de l'amour, promesses, exclusivité, pets au lit et tout le merdier... et ça, ce n'est pas dans mes cordes, je l'aime trop ma liberté... Me pourrir la vie sur un canapé, à discuter avec un poilu qui passera son temps à m'intoxiquer, non merci.

— Faudra pourtant que tu penses à te marier, et moi j'aimerais bien que tu nous fasses un bébé...

— T'es sérieux « papounet » ? Moi ? Mariée ? Faire un bébé ? Tu veux que je me suicide ? C'est quoi la prochaine étape ? Le crédit sur vingt ans pour acheter un petit pavillon à Champigny sur Marne, en comptant sur le projet Grand Paris Express pour faire une bonne affaire ?... je t'ai dit mille fois que je ne voulais pas de gosses...

— ... tu dis ça maintenant, mais demain... Tout peut changer, tu vas prendre en maturité, et tes allures d'anarchistes se feront la malle, comme pour nous tous... ainsi va la vie... me dit-il en sortant de sa poche un tire-jus, tissu à carreaux.

Il se mouche bruyamment, tourne son mouchoir et se remouche. Il toussote, il crachote, c'est moche de vieillir...

— Hier, aujourd'hui, demain, le mois prochain, l'an prochain, je garderai la même position. Il faudrait que ce soit le discours des autres qui change. Une femme doit s'occuper d'elle et de sa liberté, basta... je lui lance.

Juliette nous apporte nos verres. Le Poulpe tire de sa poche une boîte de pastilles de propolis, en dégage une de son emballage, la met en bouche, et tout en suçotant sa pastille il sort : « Fu fois, feut-être fe fuliette et fulie foufraient un féfé, mais elles ne feuvent fas ».

— Pourquoi on ne pourrait pas ? On n'est pas stériles... répond la blonde en posant les verres sur la table.

Gabriel croque son « propo », passe sa langue dans l'intérieur de sa joue gauche, et lui répond : « Vous avez besoin d'un homme pour ça ».

— Non, on n'a pas besoin d'un « HOMME », on a juste besoin de son sperme, mais je t'arrête de suite, on a déjà un iench à s'occuper, et faut voir comme Julie est impliquée, alors un bébé... mieux vaut éviter...

Le Poulpe soupire et lève les yeux au ciel. Je m'allume un cigarillo et chope mon ordi portable. Le vieux n'est plus dans le coup, l'évolution de la société le rattrape, tout anarchiste fut-il dans des temps plus anciens.

Boite mail... 12 messages.

« *Je connais Marine, du moins le pote, d'un pote, d'un pote, le connaît, si tu veux en savoir plus tu peux m'appeler au 07 06 XX XX XX ça me ferait plaisir de t'entendre, et on pourrait à l'occasion se voir en vrai, devant un petit verre de Chapoutier. Michel* ». Compte là-dessus et bois de l'eau.

« *Je ne connais pas Marine, mais je voudrais bien te voir. Tu peux m'appeler au 07 69 XX XX 9X. Lolo* »...

« *Une de mes amies a travaillé pour lui, elle s'appelle Sophie, et elle veut bien te rencontrer pour t'expliquer l'homme qu'il était. Magali 07 2X XX XX XX* », je prends note dans mon carnet, à l'ancienne.

– Qu'est-ce que tu fais ? me demande Gabriel.

– Y a la pote d'une nana qui est prête à me rencontrer, elle bossait pour le Marine...

– Fais gaffe, tu peux tomber sur des tarés.

– Tu m'as prise pour une lapine de six semaines ?

Je continue de lire les réponses à ma question, à part Sophie, rien de bien intéressant.

En revanche, les commentaires sous mon article sur Courbière y vont bon train.

Ce sont mes lecteurs et lectrices qui se battent entre eux.

Les heures défilent, les verres se vident, ma boîte de cigarillos avec...

Il est dix-sept heures trente, lorsque Le Poulpe et moi décidons de rendre visite à Lomagne...

CHAPITRE 8
COMME DANS UNE SÉRIE B

On sort de Paris, direction Clichy-sous-Bois, en voiture, bien évidemment. Le temps n'est plus au beau fixe, Idéfix... température extérieure de - 2 degrés. Le soleil s'est fait la malle. On pénètre dans le brouillard des bouchons de Paris. Dire que certains subissent ça au quotidien ; tant de patience, tant de discipline, si j'en avais quelque chose à foutre, je les envierais presque.

Le Poulpe a les deux mains bien serrées sur le volant, concentré sur la route, il plisse un peu les yeux. Il a une fois encore oublié sa paire de binocles. Il me demande de lui passer son paquet de clopes, qui se trouve dans la boîte à gants. Je farfouille et lui tends ses sèches. Il s'en cale une sur le coin de la bouche. Il appuie sur l'allume-cigare dont plus personne ne se sert aujourd'hui, à part pour brancher son tel dans la partie fixe. Il retire la partie mobile et appuie son bout de cigarette contre la résistance. Il aspire une longue bouffée...

« Lomagne trempe dans moult affaires.

— Tu le connais bien ? je lui demande.

— Ce n'est pas un pote, mais je le connais.

— Et ses trafics ? Quel genre ?

— À l'époque, c'était la dope, aujourd'hui, je ne sais pas... Il a plus de cinquante ans, il fait ce qu'il peut pour s'en sortir. Quand on n'a pas fait d'études, quand on est mis sur au banc de la société, n'y a pas trente milles solutions possibles : soit on plonge, soit on se bat... et quand on plonge, on se laisse vite bouffer par le mauvais… A l'époque, il avait une famille à nourrir et sa vieille était très malade. Qu'est-ce tu veux chercher un petit boulot de merde, qui paie tout juste ton loyer, quand tu peux te faire une tonne de blé avec facilité ? Son quartier a une très mauvaise réputation, surtout depuis les émeutes de 2005. Les médias relayaient, en boucle, l'histoire des deux ados électrocutés dans un transformateur EDF. Les flics se déplaçaient rarement, du coup, moins de descentes et plus d'opportunité pour trafiquer… Pour les personnes qui n'habitent pas le quartier, c'est devenu le lieu à éviter… Apparemment, d'après ce que j'ai pu comprendre, les tours vont être détruites et le neuf est en train de sortir de terre…

— Détruire l'ancien pour construire le nouveau… balayer la misère, "quoi qu'il en coûte", ainsi va la vie…

— Lomagne n'est pas plus dangereux qu'un autre, faut pas le chercher, c'est tout. »

On reste silencieux quelques instants, puis Gabriel insère un CD dans son poste, pas de clefs USB, ni de *Bloutouffe*. Il m'a initiée à la bonne zique, pas celles diffusées sur les grandes ondes qui font saigner les oreilles ; Talk Talk, Mano Negra, Noir Désir, Ludwig von 88, Bérurier noir et j'en passe. Nous v'là à chanter comme deux tarés, histoire de faire passer le trajet plus vite. Vivement la ville du quart d'heure…

On pénètre dans le quartier *pauvre*, qui bientôt aura une nouvelle gueule. Mais où vont aller toutes les familles qui n'ont pas assez de thunes pour se payer un appartement standing ?

Gabriel se gare devant une résidence moderne. Il coupe le moteur et me désigne d'un mouvement de tête un bâtiment récent. « C'est l'ancienne Tour Ronsard, ça n'a pas la même gueule qu'il y a quelques années, crois-moi. Par ici, c'était glauque, sale et délabré. Il vit là, le Lomagne… Tu m'attends dans la voiture, tu sors quand je te bipe ». Je n'aime pas quand il me prend pour une gosse. « Et pourquoi je ne pourrais pas venir avec toi ? » Je lui demande.

— Je préfère pour le moment que tu restes ici, ça fait des années que je ne l'ai pas vu.

Je regarde Gabriel s'avancer vers l'entrée du bâtiment. Je déteste attendre, je ne suis pas du genre « patiente ». Je me dis que ça aurait pu être pire, il aurait pu m'attacher au volant avec une vieille paire de menottes, dont il aurait perdu la clef.

Plus de dix minutes qu'il est parti… Et si jamais il était tombé dans un traquenard ? Il pense que c'est lui qui me protège, mais vu son âge, c'est plutôt, moi, son bodyguard.

C'est au bout de quinze minutes, montre en main, que je décide de sortir de la tire. Je croise une bande de jeunes qui me sifflent lorsque je passe devant eux. Je leur fais un signe de la main en balançant mon majeur pour leur signaler que je suis des leurs. Faut dire qu'avec ma dégaine, on me fout vite la paix. Les jeunes se marrent. « Et frangine, t'as pas une clope ? » me demande l'un d'entre eux. Je connais ça, la galère, le manque de nicotine.

Je sors de la poche interne de ma doudoune, le paquet que j'ai taxé au Poulpe, il m'arrive de fumer des cousues quand je n'ai plus de cigarillos. « Tiens Bro, garde le... Vous connaissez Lomagne ? » Je demande.

— Lomagne ? Ouais, il habite au premier... me sort un des jeunes encapuchonnés jusqu'aux yeux.

Y aura toujours des trous de balles qui penseront que les jeunes des quartiers sont des enfoirés. Il y aura toujours des « Bien-nés » qui jugeront sans prendre le temps de connaître les gens.

Certains sont effrayés lorsqu'ils voient des noirs, des arabes trainer en bande. Les bienfaits de la discrimination positive n'ont pas ruisselé jusqu'aux clampins.

D'autres ne veulent rien entendre, ni comprendre, pour eux, les habitants des quartiers sont des cas soc', des gens à éviter. Mais bordel, qu'ils se mettent deux secondes à leur place. Que feraient-ils, ces « Bien-nés », si on leur ôtait toute humanité ? S'ils passaient leur temps à se faire arrêter pour délit de sale gueule ? Si on ne leur donnait pas l'opportunité de se sortir de la précarité ? S'ils n'avaient pas de papiers d'identité, en gros, s'ils étaient considérés comme moins que rien ? Ils traîneraient dans les rues, non pas à la recherche du temps perdu, mais d'un moyen de se faire un peu de thunes pour sortir de ce merdier.

C'est certain, Ils n'auraient plus le temps de se

focaliser sur leurs petits tracas quotidiens, ils ne parleraient plus de méditation, de remise en question, de sortir de la « bulle de confort », de véganisme, de l'importance de se recentrer sur soi, du tri collectif, de la responsabilité des chats et des chiens sur le réchauffement climatique… non, ils ne penseraient plus à tout ça… Ils auraient l'esprit bien trop occupé par les vrais problèmes de l'existence.

Je ne me suis jamais sentie plus en sécurité que dans les quartiers, certainement parce que je n'ai pas peur, certainement aussi, parce que je suis une enfant de la rue, tout simplement…

Je grimpe le premier étage, je déteste les ascenseurs. Ça sent encore la peinture, il n'y a aucun tag, aucune inscription.

Porte gauche Monsieur et Madame FISHING, porte centre M. et Mme ACHOUR… Porte droite LOMAGNE, écrit au marqueur sur une étiquette blanche un peu déchirée. Je colle ma cage à miel contre la porte. Je n'entends rien du tout. Mais que fait Le Poulpe ? Peut-être est-il attaché à une chaise, la gueule en sang, en train de se faire cuisiner par Lomagne. C'est ce qu'on nous montre en boucle dans les séries et films policiers. Je fabule sûrement, mais des pensées morbides fusent dans ma tête, je n'y peux rien. Faut que j'arrête de visionner ces merdes, ça nourrit ma parano, ça fout le bordel dans mon ciboulot.

Je ne l'ai pas entendu monter les marches, je n'ai pas entendu non plus la porte de l'ascenseur s'ouvrir, je sens juste une main puissante se poser sur mon épaule gauche. « Qu'est-ce tu fous là ?

Qu'est-ce tu cherches ? T'es qui toi ? » me demande un grand blanc d'un mètre quatre-vingt-dix, cent cinquante kilos. Il porte un grand manteau noir, une paire de chaussures militaires sur un treillis kaki. Il n'a plus un poil sur le caillou ce qui lui donne doublement un air de voyou.

Surprise, je reste quelques secondes sans voix. Je reprends mes esprits… « Je cherche Lomagne. »

— Pourquoi que t'as ton oreille collée contre la porte ? Tu vois bien que c'est ici. Tu ne sais pas lire ? Il me dit en m'indiquant l'étiquette blanche.

Il me chope par le bras, « Qu'est-ce que tu cherches, sale fouine ? »

Alors déjà, je n'aime pas trop le ton employé par le mammouth, bien envie de l'envoyer chier, mais, vaut mieux, pour une fois, que je fasse profil bas… Je souris, je papillote des yeux… rien à faire. Il a un gun planté dans la ceinture de son fute, je l'ai vu lorsque son manteau c'est un peu ouvert. Merde… Quoi faire ?

— Je repasserai plus tard, je sors en essayant de me dégager de son emprise.

— Non, tu restes… On va voir si tu connais Lomagne.

Il tape trois grands coups contre la porte en bois. Une femme asiatique, petite et rondelette, en robe fleurie et ballerines vertes, ouvre la porte. Le gars me pousse à l'intérieur. « C'est joli ici », que je lance en regardant le petit couloir au mur blanc. Je pensais que ça détendrait l'atmosphère et que, comme toute personne civilisée, il me ferait visiter le lieu, mais que nenni.

J'entends la voix du Poulpe, et celle d'un autre homme, juste là, derrière la porte vitrée.

Le grand blanc toque deux fois, il ouvre la porte. « J'ai trouvé cette connasse, l'oreille collée contre la lourde, elle te cherche il paraît... »

— T'es qui toi ? me demande un vieux d'une cinquantaine d'années.

Il a le visage buriné. Il est maigre, très maigre. Son nez mange la moitié de son visage. Il a dû, plus jeune, être ravagé par l'acné vu le nombre de cratères sur ses joues creuses. Le Poulpe me regarde d'un air désespéré, je l'entends presque penser. OK, j'aurais mieux fait de rester enfermée dans sa caisse, mais, poussée par ma curiosité, je n'ai pu résister... Le Poulpe regarde Lomagne et sort : « C'est ma "stagiaire".

— Et, elle fait un stage de quoi ta stagiaire ? Tu ne fais rien dans la vie à part foutre ton nez dans des affaires qui ne te concernent pas. Dit Lomagne.

— En attendant, grâce à moi, y a quinze ans, t'as évité les barreaux...

C'est plutôt bon signe. Les gens comme Lomagne sont reconnaissants, et n'ont qu'une parole. Il me fixe, passe sa main sur son menton, « "la stagiaire", une autre fouille-merde... Qu'est-ce qu'elle fait là ? »

— Je lui ai dit de me rejoindre, lorsqu'elle aurait terminé de passer son coup de fil. Répond Le Poulpe.

— Comment tu t'appelles ? demande Lomagne.

— Gabriella...

— Avec ton accent, t'es pas d'ici toi... Et pourquoi tu fais un stage chez Le Poulpe ?

— Parce que je suis journaliste citoyenne.

— Quoi ? T'es journaliste ?

— Pas journaliste pour BFM, je suis journaliste CITOYENNE. Je n'ai pas de carte de presse, mais j'enquête quand même pour ouvrir les yeux des aveuglés du système.

Lomagne éclate de rire... « Y a du boulot gamine, assieds-toi, et bois un coup avec nous ».

Il me tend un verre rempli d'un liquide brun... Je le torche cul sec, sans grimacer.

« Tu me parlais de Marine, avant que la gamine entre en scène... Évidemment, ce n'est pas moi qui l'ai buté... Je voulais arrêter de tremper dans ses affaires. Vendre du shit, passe encore, mais le viol collectif et tout le merdier, non merci... Quand je lui ai dit que je voulais arrêter, il m'a menacé, il m'a dit qu'il me ferait tomber... »

— Viols collectifs ? Je demande.

— Ouais... lui et deux trois de ses sbires allaient chercher des meufs paumées, et s'amusaient avec elles. Les nanas n'étaient absolument pas consentantes, mais elles n'avaient pas d'autres choix que de se plier aux exigences de ces enfoirés. J'ai une gamine, une frangine et une mère que j'aime et respecte. Je ne voudrais pas que des trucs comme ça leur arrive. Un soir, y avait un gars, un connard de première, qui a choppé une tite gosse, à peine dix-huit piges. Il lui a foutu une baigne faut voir ça. Ça l'a séchée. Il s'est foutu sur elle, il a commencé à ouvrir son futal, j'ai voulu m'interposer, et boum je me suis retrouvé avec un gun pointé sur les couilles. J'ai dû assister à la scène sans broncher. Ça m'a fait vriller, mais je savais que j'étais pris au piège... j'ai rapidement su que j'aurais du mal à me défaire de Marine, mais de là à le tuer... j'suis pas un assassin. Je sais que je risque gros. Les flics me soupçonnent.

J'vais pour poser une question, le corps un peu en avant, l'index prêt à se dresser, lorsque Gabriel me jette un regard en hochant légèrement la tête... Il me fait clairement comprendre qu'il ne faut pas que je l'ouvre... Je fais débander mon doigt, et me recalle sagement dans mon siège.

– Tu vas faire quoi vieux ? Demande Gabriel.

– J'avais pensé me tirer, mais à quoi bon ? Je vais me mettre au molkky, ou à la sculpture sur savons... De toute façon, j'suis malade, je vais crever dans moins de cinq ans, je n'ai plus rien à perdre.

Si Lomagne déballe tout, il pourra peut-être rester chez lui, assigné à résidence... ça se fait bien maintenant, l'assignation à résidence, ça permet de désemplir les prisons.

On boit encore un verre avec Lomagne.

Rien ne s'est produit comme dans une série à deux balles, ni comme dans les médias. Au contraire, on a passé un bon moment, et le Lomagne, malgré sa sale gueule, n'est pas un mauvais bougre. Mieux vaut être prédateur que proie dans cette jungle humaine.

Il nous raconte son divorce avec sa femme, il nous dit qu'il ne voit plus ses gosses depuis cinq ans, qu'il a perdu tout contact avec sa famille. Il parle des fêtes de fin d'année qui se profilent à l'horizon, que chaque année, à cette période-là, il tombe en dépression. Pas de gueuleton familial, juste un tête-à-tête avec lui-même. Puis, il éclate de rire, et dit qu'il s'en branle, que deux de ses potes viendront bouffer et boire à l'œil, foie gras, huitres, et mangues à dix-huit euros le kilo. Il peut se le permettre, il a de la thune. Il verse une pension à son ex, ses gosses ne manquent de rien, mais ne savent pas que c'est papa qui paie l'école privée, les ordinateurs derniers cris et les portables hors de prix.

CHAPITRE 9
CONFIDENCES POUR CONFIDENCES

Lili est partie jusqu'à lundi soir avec un de ses gars, du coup j'ai l'appartement pour moi, semblant de normalité. Julie et Juliette se sont effectivement prises de gueule une fois de plus. Juste après la visite chez Lomagne, Julie m'a envoyé un message pour me demander si on pouvait se voir. Je n'allais certainement pas refuser d'aider une amie en détresse...

Nous voilà avachies sur le canapé. À portée de main, tout un tas de petites mignardises, préparées avec soin par Vald, un tantinet relevées, donc délicieuses à déguster.

Julie et Vald sont très proches. Vald est très pudique, il ne dit jamais grand-chose, mais il observe beaucoup. Lorsqu'il a entendu la dispute des filles, il est allé voir Julie pour lui conseiller de prendre sa soirée... il lui a tendu, sans dire un mot, ce petit plateau de douceurs. Il est comme ça Vald... un ours au grand cœur. C'est ce que Julie m'a raconté entre deux sanglots, pour se déculpabiliser d'« abandonner » sa dulcinée...

On boit, trop... Je commence à être torchée... Julie remplit de nouveau nos verres de mousseux. Elle me tend la *coupe pleine*...

« Assez parlé de moi, j'en ai marre de te souler avec mes histoires de cœur... J'ai envie d'en savoir plus sur toi... » me chuchote Julie.

— Tu sais déjà beaucoup de choses à mon sujet, je lui réponds.

— Non, tu as toujours su, de façon habile, garder le mystère sur ton enfance et ton adolescence...

Je l'observe du coin de l'œil, elle est assise en tailleur. En position d'écoute, le buste légèrement en avant, la coupe délicatement calée entre ses deux mains, elle attend. Par quoi commencer ? Si je me confie à elle, mon histoire risque de lui rester en travers du gosier. Je ne suis jamais entrée dans les détails des périodes sombres de mon existence. Après tout, ça ne regarde personne, et de plus, les gens comme Julie, ne sont pas prêts à entendre ce genre de récit de vie.

Les cauchemars abrègent mes nuits, peut-être que si je me livre, ils finiront par disparaître. J'en doute, mais pourquoi ne pas essayer ? Je bois une gorgée de bulles histoire de me donner du courage... « On va y passer la nuit, Ju ». Elle me sourit, et me répond : « J'ai le temps, demain je suis en repos... »

— Tu ne veux pas, plutôt, que je te parle de Marine ? De la façon dont j'avance sur mon enquête ? Je lui demande en souriant.

— Non, ce soir j'ai envie qu'on parle de TOI ! Raconte-moi Gabriella, raconte-moi ta vie en Bolivie.

— Il n'y a rien de fabuleux, rien d'exotique non plus. La Bolivie, ça fait uniquement rêver les Européens en mal de sensations fortes, certains n'en sont jamais revenus d'ailleurs...

— Gabriella, s'il te plaît...

Après un long soupir, je termine d'un trait mon verre... Je me lance... Je commence par le début, car c'est plus logique.

Elle sait que je suis née à San Pedro, à la prison de La Paz, d'une mère prostituée, morte à ma naissance et de père inconnu. Jusque-là tout va bien... Je lui raconte qu'à partir du moment où j'ai commencé à marcher, jusqu'à l'arrivée de Pedro, j'étais sous la coupe des trafiquants... J'ai essayé de survivre comme j'ai pu, en me pliant aux exigences des adultes. Je lui raconte que j'ai su très rapidement manier les armes, surtout les couteaux... Je lui dis que j'étais loin de l'enfance « dorée » de la majorité des gosses européens... que mon quotidien était rythmé par la peur, par les trafics de drogue en tout genre, par la violence, les viols... Je lui raconte que Pedro m'a sauvé la vie... je parle en bloc, sans réfléchir, je laisse couler les « maux », comme je laisse couler ma douleur...

Les yeux de Julie suent déjà : « Julie, si tu commences à pleurer maintenant, autant que j'arrête de suite. Essaie de ne pas penser comme les occidentaux transfusés à la réalité version Walt Disney, essaie de penser « Bolivienne », je lui dis.

— Je ne comprends pas, que veux-tu dire ?

— Si tu penses comme une Française, je vais devoir appeler les urgences psy, car tu vas finir complètement tarée, je lui dis en singeant un sourire...

Elle essuie d'un revers de main, les larmes qui coulent sur son visage... « Voilà, c'est mieux... Sans Pedro, je serais morte, c'est certain. J'ai une bonne étoile, elle a mis du temps avant de briller au-dessus de ma tête. »

— Il est où Pedro ? Il ne vit pas à Paris ?

— Pedro est catalan et aux dernières nouvelles il était en Amazonie... il est très vieux maintenant et mérite une bonne retraite, loin des galères, loin des trafics, loin du monde civilisé, loin de tout.

— Comment l'as-tu rencontré ?

— Un coup de chance... Pour faire court, il venait souvent à la prison pour apporter son aide aux plus démunis, mais surtout pour enseigner, il m'a tout appris... C'est tout ce que tu as besoin de savoir, en ce qui concerne notre rencontre. Pedro, c'est plus qu'un père, c'est un ange gardien, il m'a même officiellement adoptée.

— Tu dis qu'il est catalan, et il t'a appris le français ?

— Il parle plusieurs langues, il est très instruit...

— Comment t'as fait pour t'enfuir ?

— Grâce à Pedro, une fois de plus.

— C'est-à-dire...

— Je ne sais pas si tu as vraiment envie de tout savoir, Julie...

— Si, je t'assure, je suis prête, regarde, je ne pleure pas...

— San Pedro, c'est une Ville de misère. La prison, un microcosme de la société bolivienne. La seule façon de s'en sortir, c'est magouiller. Je faisais plus de treize heures de travail quotidien.

— Treize heures, et moi qui me plains de mon taf parfois... elle me répond en souriant.

— Cool, tu commences à prendre du recul... Ce que je vais te dire, va te paraître extrêmement dur, et difficile à avaler. Il y a eu les viols, mais, à force, on finit par ne plus rien ressentir. Vivre coûte que coûte... et à l'âge de six ans, j'ai tué un homme...

— Quoi ? T'as tué un hom...

— ... ne m'interromps pas... Je n'ai pas pour habitude de me livrer, c'est un exercice difficile pour moi... ça va te paraître étrange... Je sais que c'est moi qui l'ai tué... mais ça me paraît irréel, comme dans une sorte de rêve, comme si c'était quelqu'un d'autre qui avait appuyé sur la détente...

— Non, ça ne me paraît pas étrange, il s'agit d'un choc post-traumatique, j'ai vu une émission sur ARTE la semaine dernière... Lorsqu'un évènement terrible arrive, surtout pendant l'enfance, ça laisse des traces, et certaines personnes disent même qu'elles se dissocient... Ce n'est pas du voyeurisme, peut-être une sorte de curiosité morbide, mais que s'est-il passé ?

— ... un des caïds du trafic m'a donné une arme. Un homme était à genoux, il pleurait, ses mains attachées derrière le dos. On m'a dit qu'il fallait que je le tue. C'était lui ou moi... J'ai regardé l'homme au sol dans les yeux, il savait qu'il allait mourir. Il ne s'est pas débattu, il a baissé son regard. J'ai pointé l'arme, et j'ai tiré.

Julie, les yeux écarquillés, me regarde, mélange de surprise, de terreur, et d'horreur. « C'est dingue, comment on peut laisser une gosse tuer un homme ? » objecte-t-elle.

— C'est bien européen de se laisser le temps pour philosopher, mais les gars, là-bas, ne lisent pas Dolto, si tu vois ce que je veux dire... Tu veux que je continue ? ou je m'arrête là ?

— Pardon... oui, continue.

Il doit bien avoir une petite dose de voyeurisme malsain dans l'intérêt qu'elle porte à mon histoire, non ? Ou s'intéresse-t-elle réellement à ma vie ? Je ne sais pas. Cette histoire, seuls Pedro et Gabriel la connaissent. Je chope la bouteille d'eau rescapée, et je bois une gorgée au goulot... l'alcool, ça déshydrate.

« Lorsque Pedro est entré dans ma vie, il connaissait mon histoire. Très rapidement, il m'a prise sous son aile, il a réussi par je ne sais quel moyen, à m'arracher au gang, surement en payant un gros paquet, je ne vois que ça. Grâce à lui, j'ai échappé à la prostitution, à la défonce, à la mort... J'ai pu avoir une éducation, il m'a appris le français mais pas que... Il m'a appris tout ce que je sais... Grâce à lui, tous les matins, je pouvais sortir de la prison avec les autres enfants pour me rendre à l'école. Pedro rentrait le soir à son hôtel, mais il m'avait confiée à un couple de "confiance" qui vivait dans une cellule beaucoup plus confortable que celles que j'avais pu avoir. Quand je dis "confiance", c'est du genre, très bien payé. C'est là que j'ai connu Mario. C'est le fils du couple qui "m'hébergeait". Très rapidement, on s'est rapprochés, on est devenus inséparables. La misère unit les cœurs. Puis, à l'âge de mes seize ans, juste avant de partir, Pedro m'a laissé un passeport et de l'argent pour que je puisse partir à Paris. Il m'avait beaucoup parlé de son meilleur ami Gabriel, il m'avait dit qu'avec lui, ici, je ne risquerais rien... Mario n'a pas voulu me suivre... »

— Et c'est à tes vingt et un ans que nous t'avons connue. Tu vivais où avant de venir dans le coin ?

— Je vivais parfois chez Gabriel, j'étais souvent en Amazonie aussi, puis j'ai beaucoup voyagé. Je suis partie au Brésil, dans les Favelas, pour m'informer correctement et ne pas écrire n'importe quoi dans mes articles dédiés à la pauvreté et la misère de ce pays...

— Les Favelas ?

— Oh, je ne suis pas allée au fin fond des Favelas, ça ce n'est pas possible...

— Mais si c'est possible, j'ai vu un reportage sur France 3...

— ... Je t'arrête de suite, tu as vu ce qu'ils veulent bien te laisser voir, personne ne peut avoir accès aux véritables Favelas, même les guides expérimentés ne veulent pas y aller... Mais ça, c'est une autre histoire...

— Et tu parviens à dormir la nuit ?

— Non... je me sens vivante uniquement lorsque je voyage et lorsque j'écris...

— Je suis vraiment désolée...

— Pourquoi ?

— De tout ça...

— Tu n'y es pour rien...

Nous sommes restées silencieuses, de longues minutes, Julie, en serrant son verre vide contre elle, le cœur au bord des lèvres, et moi, au bord du canapé, prête à m'enfuir, mais pour aller où ?

— Une petite question, le bénévolat ça ne paie pas... il faisait quoi comme métier Pedro avant d'aller en Bolivie ? Elle me demande...

— Une question directe. Euh... Pedro c'est un démerdard comme il en existe peu. Il a fait tous les boulots, il a trafiqué les armes, les faux papiers, son vrai métier c'était imprimeur, avant de prendre sa retraite en Bolivie.

— Quelle histoire... je comprends pourquoi tu vrilles par moment.

— Comment ça ?

— Je veux dire, je comprends pourquoi certains sujets te touchent plus que d'autres, et je comprends tes coups de sang également.

— Tout ça est derrière moi. Je t'ai épargné les détails trop violents, mais si tu veux savoir où je vivais, il me semble que tu pourras trouver quelques reportages sur la prison de La Paz, sur la toile.

— Bien... c'est incroyable tout ça... On est vraiment des privilégiés en France, et on ne s'en rend pas compte, toujours à nous plaindre dès qu'on a un pet de travers, alors que dans certains coins du monde, la misère, la violence, l'horreur sévissent.

— Bienvenue dans mon monde, celui de la pilule « rouge » comme dirait Morpheus.

CHAPITRE 10
RUE DES ANDOUILLES

La nuit est loin d'être chaude, mais, plus que jamais, de nos jours, elle reste sauvage. Les femmes évitent de se promener seules après vingt et une heures car elles risquent de se faire agresser, couvre-feu sécuritaire sauf pour les junkies et les prostituées.

Elles savent, qu'après une bonne soirée, elles peuvent se retrouver nez à nez avec des tarés qui n'ont qu'une idée en tête, se vider les castagnettes.

J'ai rédigé un article sur l'insécurité de nos rues parisiennes l'an dernier : 110 viols ont été commis sur la voie publique en 2021… sans compter ceux qui n'ont pas été signalés.

Il y a bien des hommes aussi, qui se font violenter, loin de moi l'idée de les invisibiliser…

Je pense à ça en poirotant, le dos calé contre le mur de l'immeuble de Lili, une clope coincée entre mes lèvres. Je pense à ça, en matant les deux gars qui marchent dans ma direction.

Les *hombres* passent devant moi, sans m'adresser un mot. Je suis camouflée sous ma tenue de banlieusarde. Sweet à capuche, sous une grosse Doudoune Scotthy XXL, baggy, baskets Nik Tamèr, pas de mini-jupe, ni de talons aiguilles, y a un temps pour tout.

Gabriel vient me chercher dans sa vieille 307 de 2002... dans peu de temps, il ne pourra plus rouler avec, circulation interdite pour ce genre de modèle. Les restrictions en France vont bon train... Mais je le connais, Le Poulpe, il continuera à circuler, en serrant les fesses pour ne pas se faire arrêter. Faut dire que le permis de conduire est un gage de conservation d'autonomie et de liberté pour les aînés. Je grimpe dans sa caisse, direction « rue des Andouilles ». En voiture Simone !

Je me tourne vers Le Poulpe, il a meilleure mine aujourd'hui. « Ça a l'air d'aller mieux dis-moi. »

— On devrait tous carburer aux grogs de Vlad, ça pourrait te requinquer un mort, il me sort en riant très fort...

— T'es bourré ? Je demande, anxieuse.

— Non, « neveurre », juste bien... en ce qui concerne la flicaille, je vais pouvoir l'éviter grâce à l'application Waza...WAZZZZAAAAAA il répète en se tournant vers moi.

Il ouvre la bouche en grand, que j'en vois presque le fond de son slibard, une bouche grande comme le gouffre Mirolda.

— N'insiste pas, je ne te suivrai pas sur ce coup-là... Tu me fatigues parfois. Je lui dis en soupirant.

Je ne vais pas lui faire le plaisir de me marrer à chaque fois qu'il sort une pépite, sinon, il va finir par prendre la confiance.

— Qu'est-ce que tu peux être casse-plane, parfois... me sort-il en hochant la tête.

Douze minutes, montre en main, qu'il annonce le GPS. Paris by night, pas un chien dehors, ça change de l'ordinaire. Il commence à neiger. Ici, les poubelles et les détritus seront bientôt recouverts du manteau blanc... la misère, vaut mieux la cacher de nos jours... je m'égare...

« C'est quoi le plan ? » Je demande à Gabriel.

— Ouvre la boîte à gants...

Je m'exécute et en sors un trousseau de clefs.

« Ce sont les clefs du Billy ? » Je lui demande surprise.

— « Exactellie », il me répond fièrement.

— T'as eu ça où ?

— J'ai mes sources et je suis connu par ici...

— Gabriel, arrête, dis-moi, t'es relou !

— Et toi impatiente... il va falloir que tu apprennes à gérer ta frustration.

— Tu veux que je te rappelle d'où je viens ? Je t'en foutrais, moi, de la gestion de la frustration...

— Un pote, Yves, l'ancien propriétaire du Billy Burger, à l'époque, ça s'appelait « À la Bonne Miche », y avait que là-bas qu'on trouvait des triples pains au chocolat, des croissants XXL, des têtes de nègres succulentes...

— Des quoi ?

— Les têtes de nègres... tu ne connais pas ? La meringue au chocolat...

— ON APPELLE ÇA DES TÊTES AU CHOCOLAT...

— Les *wokistes*, vous me pétez les burnes, moi

j'aurais kiffé qu'on vende des têtes de Gabriel… On ne peut plus rien dire, sans se faire taxer de misogyne, fasciste, raciste, homophobe, etc. Bordel, c'était mieux avant…

— Mais Gabriel c'est un prénom, « nègre », ça n'en est pas un… Parfois je te jure, je ne te comprends pas, bref, alors ton Yves ?

— Oui, bon, alors, Yves, tout le monde se foutait de sa gueule car il faisait toujours trois jeux de clefs. Aujourd'hui, j'suis bien content qu'il ait gardé celui du Billy B. ENCULÉ REGARDE OÙ TU ROULES ENFOIRÉ ! PUTAIN DE TROTINETTES À LA CON, je croyais qu'elles étaient interdites bordel de MERDE…

— Elles ne sont plus en libre-service, interdites pour les moins de quatorze piges me semble-t-il, mais le gars, là, à mon avis est majeur, qu'est-ce qu'il foutrait sinon dans la rue à cette heure ?

— MAJEURS OU PAS, ILS M'EMMERDENT CES PUTAINS DE DANGERS PUBLICS…

Il soupire, crispe ses mains sur le volant avec intensité, puis en un quart de seconde, parvient à se détendre… « Yves m'a fait promettre de ne rien dire, si je me fais choper… »

— … Ça me paraît logique… Bon, on rentre et on y fait quoi ?

— Déjà, je te fais faire le tour du proprio, puisque tu n'y as jamais mis les pieds, ensuite on montera dans ses appartements.

— T'es déjà allé là-bas ?

— Quand le Marine a repris l'affaire, il a fait une

soirée de lancement… j'y suis allé pour m'en jeter quelques-uns gratos derrière la cravate.

— Et y a pas la femme du Marine ?

— Non, elle a été internée en psy, t'as la mémoire courte…

— Ah oui…

— Elle a pété un plomb, complètement hystérique la vieille…

— On ne dit plus hystérique, tu sais d'où vient ce mot ? De l'utérus… tu trouves ça normal, cette stigmatisation systématique du genre féminin ? Ça m'horripile. On parle de personnalité histrionique.

J'ai un besoin constant de le provoquer, toujours gentiment bien évidemment. Non mais, C'EST QUI LA PATRONNE ? Gabriel fait un peu la gueule, et moi j'étouffe un fou rire… « Une fois là-bas, on cherche quoi ? » je demande.

— On verra. Il répond sèchement…

— Oh « papou » ? tu boudes ?

— Pardon ? moi bouder ? t'as cru que tu parlais à un Bébé Cadum ?

— Un quoi ?

— Lâche l'affaire gamine…

On se gare comme on peut dans la ruelle obscure. On sort de la caisse en mode Jack Sheppard. Pas de velours, en ce qui me concerne, mais il en est autrement des pompes de Gabriel ; ses chaussures vintages à talonnettes claquent sur le bitume et résonnent dans la ruelle. « Chut », je lance.

— Ce n'est pas ici qu'on va te dénoncer. Il me sort.

— Tu déconnes ? On est en 2023, la délation est récompensée à notre époque.

Gabriel soupire en hochant la tête. On s'approche du Billy Burger. On enfile tous deux nos paires de gants en jersey de coton et polyester léger blanchi. Il est prévoyant ce Poulpe...

Gabriel se baisse et enfonce la clé dans la serrure du rideau métallique à lames pleines. Il le soulève, à mi-chemin, il grimace, comme si le fait d'utiliser une partie de ses zygomatiques, allait étouffer le bruit.

Je me maîtrise ; mélange d'excitation et de montée d'adrénaline.

Je n'ai pas peur, loin de là. Ce n'est pas une grille dans une rue déserte, à Paris, à 03h15 du matin, qui va me faire flipper. Il m'en faut beaucoup plus pour atteindre mes nerfs...

Peu de choses m'effraient, du moins en France, et pour cause, j'ai passé une partie de mon enfance sur mes gardes... la peur, la véritable peur, je la connais...

J'avais peur des cris, la nuit, dans la prison de San Pé. J'avais peur des pas feutrés que j'entendais, juste derrière la petite porte de fortune qui séparait ma couche du long couloir pénitencier. J'avais peur des mains calleuses de certains hommes sur mon corps de jeune fille. J'avais peur des soupirs mouillés de l'homme au souffle chaud et odorant. J'avais peur des sexes durs qui transperçaient mon corps avant d'atteindre mon âme... Je n'étais qu'une enfant, et même si les pédophiles ne faisaient pas long feu, certains réussissaient à passer à travers les mailles du filet. En règle générale, la majorité se faisait choper ; ils étaient torturés avant de finir électrocutés et noyés au fond du puits central.

La discussion avec Julie m'a fait remonter encore plus de souvenirs, moi qui voulais les balayer, c'est loupé. Je repense à tout ça en 15 secondes, le temps pour Gabriel d'ouvrir la porte d'entrée du Billy Burger.

Il sort une lampe torche de son sac. Il balade le faisceau lumineux, et me chuchote : « Là c'est la salle de restaurant, ici c'est la devanture... »

— Non ? Sans dec ? Et là ? Ce sont les chiottes, non ? Je dis en levant les yeux au ciel.

Dans la vitrine, il y a des restes de sandwichs, des mouches qui volent au-dessus des salades, il y a des restes de charcutaille, et je crois même que j'ai vu deux trois asticots danser la Zumba sur une tranche de frometon. Une odeur de pourriture, de saleté, de pisse de chat, se dégage de tout cet amas de nourriture avariée.

« C'est dingue, le gars, il est mort y a peu de temps, et c'est déjà tout pourri ? » Je demande

— Marine n'était pas du genre à donner de la confiture aux cochons, chérie Bibi...

— Mais comment faisait-il pour avoir des clients et les fidéliser ?

— Que tu es naïve... le Billy, c'était juste une couverture.

— C'est pratique, l'hiver... je dis en lui souriant.

— Les clients ne venaient certainement pas ici pour manger, mais plutôt pour acheter leur came...

Je suis un peu déçue que Le Poulpe n'ait pas relevé ma blagounette, je la refais : « Le Billy, c'était juste une couverture »... moi de répondre : « C'est pratique l'hiver »... La grosse poilade. Comme personne ne réagit, on continue notre visite impromptue.

Gabriel marche devant moi, et de ce fait, s'il est devant moi, ça signifie que je suis derrière, sinon j'aurais dit « Gabriel et moi marchons côte à côte »...

Nous nous dirigeons vers le fond de la pièce.

Au sol, sur ma gauche, il y a un seau avec une eau boueuse et un vieux balai à serpillère planté à l'intérieur. J'ai failli gerber, l'odeur qui se dégage du récipient est encore plus forte que celle qui émane de la vitrine.

Gabriel m'entend hoqueter, il oriente son faisceau sur le seau, et me sort : « Quelqu'un a dû passer un coup pour éponger le sang. Regarde, le four à pain est ici. » Mes semelles collent au carrelage à l'aspect douteux. J'en ai vu d'autres. Ce ne sont pas deux-trois gouttes d'hémoglobine qui vont me faire tourner de l'œil, cependant, l'odeur...

« Regarde, quelqu'un n'a pas bien nettoyé par ici... Y a plein de traces. » me sort Gabriel en pointant sa lumière sur le sol.

— Ce n'est pas sa femme, puisqu'elle est chez les tarés...

— On ne dit pas « tarés », on dit malades mentaux. Il s'exclame en me faisant un clin d'œil.

— C'est bien, je vois que ça rentre petit à petit, je réponds.

Sur notre droite, il y a une porte, Le Poulpe l'ouvre, et me dit : « Ici le bureau de ministre de Monsieur ». Tu parles d'un ministre... 5 m^2 a tout casser, un bureau trois tiroirs en mauvais état, une chaise en formica, quelques cartons entreposés ici et là, et au fond une armoire de garage en plastique beige dégueu...

Gabriel pose sa torche sur la chaise, et on commence, ensemble, notre exploration ; tel l'improbable duo, Lisbeth Salander et Hercule Poirot.

Je farfouille dans les tiroirs du burlingue ; j'espère trouver quelque chose d'intéressant, je ne sais pas quoi, mais j'espère.

Le Poulpe soulève des tas de feuilles entreposées dans les cartons. Du coin de l'œil, je peux voir qu'il s'agit d'une quantité non négligeable de flyers non utilisés, au prix que ça coûte au porte-monnaie et à nos forêts...

Je me tourne vers le placard en plastique beige dégueu, il est fermé. « T'aurais pas la clef à tout hasard ? » Il secoue la tête de gauche à droite, en passant au carton suivant.

Je donne un coup sec au niveau de la serrure, sans grande conviction, mais ça m'évite de niquer une épingle à cheveux. Ce dernier, contre toute attente, cède, sans manifester une once de résistance. À l'intérieur, un tas de dossiers. Le semblant de vérité est très bien imité. On croirait presque qu'une secrétaire et un comptable bossent ici, et s'occupent régulièrement de tout ce qui est administratif.

Pochettes cartonnées : Provisions, bilan, demandes de subventions COVID, etc.

Je feuillette rapidement, au cas où je tomberais sur un document top secret. Je veux bien qu'il ait été exécrable le Marine, mais demeuré au point de laisser traîner des preuves de son activité secondaire, je doute. Même dans les séries à deux balles on ne trouve jamais chez l'habitant, Ary, des dossiers : « Trafic de drogues », « trafic d'armes »... Je trifouille, farfouille, examine, il y a des enveloppes neuves, sous plastique, et une, à part, bien trop grosse pour ne rien contenir. Je l'ouvre, bingo, remplie de biftons. Je l'empoche direct, sans me poser de questions. Pour les frais de Gabriella, basta !

« C'est étrange, les flics ont dit qu'ils avaient terminé la perquisition mais j'ai l'impression qu'ils n'ont jamais mis les pieds ici », je dis.

— Les flics ont des ordres. Et en France ça parle plus que ça n'agit...

— À part pour matraquer des manifestants et envoyer des grenades de désencerclement...

Je continue, je soulève, je mets de côté... Je fais ce que les keufs auraient dû déjà faire, mais qui ne sera, sans nul doute, jamais fait... et... sous une pile de feuilles blanches, je découvre un Air 15 pouces.

« Gabriel, look... », je lui lance en exhibant fièrement l'objet... « Embarque-le », il me répond.

Comme si j'allais le laisser, puis, Marine n'en a plus l'utilité. Lorsque toute cette histoire sera terminée, je demanderai à Mario de me le reconditionner… Tout se fait de nos jours, même à distance.

Mission terminée en ce qui concerne *le cagibi*. Passons aux pièces suivantes. On remet tout en ordre, du moins, on essaie. On sort du bureau, on ferme la porte.

L'odeur est vraiment insoutenable dans ce resto.

« Si je me souviens bien, à l'époque de la boulangerie, il y avait une porte et derrière il y avait une montée d'escaliers pour accéder aux appartements… Ah la voilà… juste là… il a encore de la mémoire le vieux… », s'exclame-t-il fièrement, en désignant la porte au fond à gauche. On s'approche. Gabriel ouvre… « Ah non, ce sont les toilettes ». « Super mémoire… T'aurais pu t'en douter, elles sont toujours au fond à gauche »…

Gabriel regarde autour de lui… Je le suis, évidemment. Il se dirige de nouveau vers le comptoir à la vitrine aux mets avariés… « Tu es sûr ? On est obligés de passer par là ? », je demande en retenant un hoquet annonciateur de vomis… Il ne me répond pas et disparaît au fond à droite, cette fois.

Je le rejoins, j'ai failli déraper sur un morceau de saucisson, de jambon, ou un doigt, j'sais pas… Ça pue, c'est sale, c'est moche… La voilà, la porte qui mène aux escaliers, ceux qui mènent aux appartements. Gabriel l'ouvre, car fermée, c'est moins pratique. On grimpe les escaliers en béton usé. En haut une autre porte, encore… problème de Monty Hall.

Nous pénétrons dans le logement des Marine. Enculade de pièces, sympa l'appart.

Des tableaux rococo sont accrochés aux murs. À droite, à l'entrée, un petit meuble sur lequel est posée la fameuse petite coupelle, qui sert à déposer les clefs.

Tous les gens organisés ont leurs petites coupelles pour les clefs, sauf les gens bordéliques, qui eux, les perdent à chaque fois, et ne se privent pas d'accuser leurs proches de ne pas les avoir remises… dans la petite coupelle.

Gabriel ouvre et ferme les deux premières portes, salle de bain et WC.

Sur notre droite, une porte vitrée ouverte sur un salon relativement coquet, meublé d'antiquités… et nous voilà de nouveau à tout farfouiller, toujours à la recherche d'un petit quelque chose qui ferait grimper notre adrénaline.

Faut nous voir à l'action, un coup par ci, un coup par-là, aucune organisation.

Gabriel se remet à tousser, l'effet du grog a ses limites. Par moment, le dos courbé, il essaie de reprendre son souffle après une bonne toux glaireuse. Il ne faudrait pas qu'il me claque entre les doigts maintenant.

Z'ont les moyens les Marine, suffit de voir leur intérieur pour s'en apercevoir. Il y a une télévision grand grand grand grand format, plus de deux mètres quarante, je crois qu'elle doit valoir dans les vingt-milles boules. Je l'aurais bien embarquée, mais pour la foutre où ?

Au fond, un ordinateur dernier cri, impossible à

transporter lui aussi... Il y a un canapé énorme, je crois que c'est un Chesterfield, deux fauteuils en cuir bordeaux, une petite table en verre... Dans le buffet que Gabriel vient d'ouvrir, il y a des bouteilles d'alcool. Le Poulpe prend la bouteille de sky, comme dans les films ou séries amerloques. Il mate l'étiquette : « Mazette... un Thor édition limitée... », il ouvre la bouteille et s'en jette un derrière la cravate. « Fais-moi donc goûter, rapiat ! » je lui demande.

— Tu ne vas même pas l'apprécier, il me dit en me tendant la bouteille.

Effectivement, ça vaut le détour Gaston, faut voir comme le liquide glisse dans le gosier, et qu'il y laisse tous ses arômes. « Bon, on a fait le tour ? »

— On va terminer par la *roume*, il me dit.

— Arrête, tu ne pipes pas un mot en anglais et lorsque tu le causes ça s'entend, on dirait Sarko, Hollande, et toute la clique, je lui sors.

Bref, direction la *bedeuhroume*. Gabriel peut allumer, les volets sont fermés et avec les doubles rideaux occultants, on ne risque pas grand-chose.

Je n'ai qu'une seule hâte, celle de sonder l'ordinateur de l'autre connard, du coup, j'ai moins de hargne à ouvrir les portes des placards et tirer sur les tiroirs...

Dans la commode, certainement celle de Paule, à moins que Nicolas ne soit adepte du travestissement, il y a deux styles de lingerie ; celles que la mère Marine devait porter avec son mari ; culottes en coton à l'élastique qui part en couilles, nuisettes tuent l'amour, cœur croisé de Playtex, chaussettes en laine… et sous ses culottes de guerre, je trouve de la lingerie fine, tout droit sortie de « Secret Désir »… Quant au contenu de la commode du père Marine, y a pas que du joli non plus ; un lot de caleçons kangourou, jaune devant, marron derrière… et des marcels tout ce qu'il y a de plus traditionnel, pour plus de confort.

Poussée par une pulsion, je décide de faire une exploration sous le lit des patrons.

Il y a une caisse et une mallette en aluminium. Je commence par la caisse…

« Hey Gab, il devait s'éclater le patron, regarde »… je lui dis en désignant le contenu de la caisse… Gabriel s'approche. « Ah ouais ! Effectivement, mais je n'ai jamais été branché BDSM en ce qui me concerne… » il me sort.

À l'intérieur, des cordes, des godes, des vibromasseurs, des menottes, une cravache, deux martinets dont les lanières sont enroulées autour des manches, et tout un tas d'autres accessoires qui titillent ma curiosité… Devait pas se faire chier, mais je doute que ce soit avec sa femme qu'il s'en servait…

« Et dans la mallette, y a quoi ? » me demande Gabriel…

On a de la chance, elle n'est pas fermée, malgré un système de code sur la tranche…

À l'intérieur, il y a trois balles, et dans la mousse, l'empreinte d'un gun… vide…

Gabriel s'approche, prend une balle entre ses doigts…

« 9 mm modèle F2, le Marine a été dézingué avec un PAMAS G1. Ce flingue servait, en 1989, aux unités de la Gendarmerie Nationale... et... » il chuchote.

— ... et Marine faisait partie de la gendarmerie...

— *Exactelly*, mais où est passé le flingue ?

— Tu crois que sa femme aurait pu le plomber ?

— Je ne crois rien du tout pour l'instant... mais « *ouaille note* ».

D'un coup, on entend du bruit dans la ruelle... « T'as entendu ? », je lance, excitée plus qu'affolée. Gabriel éteint la lumière. « Faut pas rester... On se casse... » il me glisse.

Il reprend une gorgée d'alcool, pour se donner du courage, ou pour faire passer sa mauvaise crève. Je lui arrache la bouteille, avant qu'il ne la dégomme, et je tise de nouveau moi aussi.

On sort de l'appartement, on ferme la porte doucement et on redescend au Billy Burger.

Quelqu'un à l'extérieur essaie d'ouvrir la grille. « Mais tu l'as refermée quand ? » Je lance à Gabriel.

— Quand t'es rentrée, j'suis pas un débutant...

La grille s'affole, Gabriel lâche en soupirant : « Putain, j'ai plus l'âge pour ces conneries » en éteignant sa torche. J'entends à sa respiration qu'il est en train de paniquer. Je sais bien qu'il flippe pour moi et non pas pour sa propre sécurité. Ce qu'il n'a toujours pas compris, malgré les années, c'est que peu m'importe le nombre de gus, je tiens la cadence, un, deux, trois ou six, c'est kifkif bourricot. Je les sècherai tous. Les voyous de l'hexagone sont loin d'être aussi costauds que dans les films et encore moins finauds qu'à San Pedro.

Au bout de quinze longues minutes, l'agitation

extérieure cesse enfin. Gabriel se détend à peine. On décide de rester encore un peu, par précaution, dans cet endroit répugnant. Nous voilà immobiles, derrière le comptoir qui pue, le séant posé sur le carrelage froid, le caillou contre le mur. J'ai failli piquer un roupillon...

« On peut y aller », il chuchote en me secouant tendrement.

On sort, moi avec l'ordinateur portable sous le bras, Gabriel avec sa torche en guise d'arme d'appoint.

Sur le sol, juste devant l'entrée du Billy, je remarque des hiéroglyphes... St Ex aussi intégrait des croquis dans ses histoires.

Gabriel me sort : « OK, il s'agit d'un repérage, le premier symbole signifie : "police vigilante", et le second : "alarme"

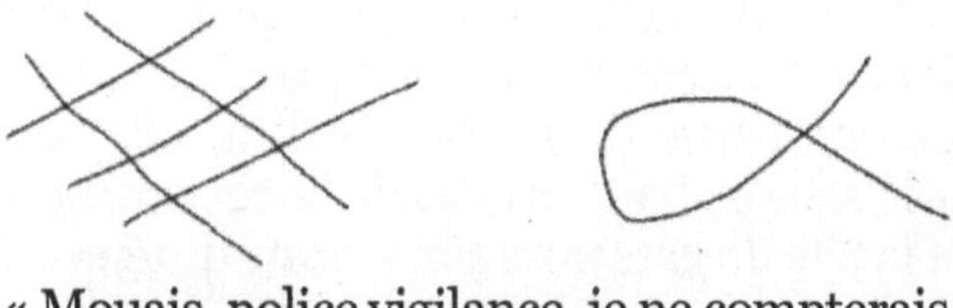

« Mouais, police vigilance, je ne compterais pas dessus, quant à l'alarme, on a eu du cul, elle ne s'est pas déclenchée... ».

— Je me suis renseigné, je savais qu'elle était désactivée...

— Par qui ?

— J'ai mes sources, jeune fille, je ne suis pas né de la dernière pluie, et lorsque je me rends quelque part, je prends toujours mes précautions, t'as tendance à l'oublier... il me dit en me souriant.

La ruelle est déserte, un lampadaire fait de l'œil, et un greffier part en courant en nous entendant arriver. Y a certainement des petites bandes de surmulots en train d'faire la nouba dans l'amoncellement d'ordures qui décorent chaque ruelle... Sont à la mode les surmulots, en concurrence directe avec les punaises de lit mais ils gardent la pole position quand même.

Gabriel, les mains dans les poches, le regard vers la *totomobile* qui nous attend sagement, prend une grande inspiration... « Je t'ai raconté, la fois où, j'avais été contacté par Micheline Bonœil ? Je crois que c'était en 1992... »

— Je ne crois pas... je lui réponds en baillant.

— La femme se tapait un minet de vingt-trois ans, elle en avait presque le triple. Faut dire que la Bonœil, elle en avait de la caillasse... Les matous se pressaient non pas pour la sauter, mais plutôt pour renflouer leur compte en banque... Bref, un soir, après une partie de jambes en l'air, elle se rend dans la salle de bain, et quand elle revient, boum, y avait la tête du gars posé sur le poste de télévision...

— Et le reste était où ?

— Enterré dans le jardin de la mémé... C'est elle qui l'avait tué, elle ne s'en souvenait plus, je pense qu'elle devait avoir un début d'Alzheimer.

— Mouaip, elle devait être sacrement "costaude" ta mémé...

— T'as pas l'air convaincue ?

— C'est pas ça... raconté comme ça, ce n'est pas très bandochant...

CHAPITRE 11
NicolasPaule

7h30 du matin, Paris est éveillé, et moi je ne me suis pas encore couchée. Il doit être pas loin de 2h30 à La Paz, Mario pourrait peut-être m'aider... non pas à dormir, mais à cracker l'ordi de Marine.

Lili est sortie, il n'y a personne dans l'appartement. Où a-t-elle encore passé la nuit ? Peut-être en compagnie d'un plan cul aubergine, rencontré sur un de ces sites à la con. Un jour, va lui arriver un pépin. Dire que dans moins de deux ans, elle sera médecin.

Durant des années, j'ai pensé que les médecins, avocats, politiciens et toute la haute société en avaient dans la caboche, je me suis bien plantée. Je l'ai déjà dit, je me répète, ce n'est pas sur les bancs de l'école qu'on apprend à être des gens bien, démerdards et intelligents, au contraire. Et je ne dis pas ça uniquement parce que je n'ai ni BAC ni BEP.

Je pose l'ordinateur de Marine sur mon bureau... je l'ouvre... batterie HS.

Il m'arrive d'avoir la flemme de faire certaines choses, comme me déplacer de la chaise de bureau au tiroir de la petite commode proche de mon lit... Je me traîne, je suis aussi HS que l'ordi de Marine, mais trop excitée pour pouvoir m'endormir.

Après avoir branché le câble d'alimentation,

l'écran s'allume sur un mot de passe, je m'y attendais. Marine ne doit pas être du genre à chercher un password compliqué, et Mario m'avait donné une liste de petites choses à retenir, au cas où... Evidemment, je les garde pour moi... Je ressors mes notes... « noms, prénoms du gros et de sa blonde ». Le gars devait être imbu de sa personne, du coup je tape Marine_Nicolas25081968. Non ce n'est pas ça. MARINE25081968 non plus... NicolasPaule et hop là... pas compliqué de dénicher les mots de passe. Pas besoin de sortir du pot de cire.

Me voilà sur le « bureau ». Bien organisé, peu de dossiers. Un, attire cependant mon attention. Il faut vraiment être un benêt pour nommer un dossier « X ».

À l'intérieur, une liste de fichiers .dmg... dès que je clique dessus, un mot de passe m'est demandé... J'essaye des combinaisons différentes, rien à faire. Je plante. Pas d'autre choix que d'appeler Mario. Il ne dort jamais la nuit. Ça fait des années qu'il fonctionne à l'envers. Un vrai vampire, complètement décalé... le manque de sommeil alimente un tantinet sa parano... D'ailleurs, je me demande s'il est vraiment parano ou s'il est tout simplement plus « éveillé » que les autres. Le dernier point mériterait réflexion.

« Hola hermano, como estas ?

— ¿Viste la hora ? Cuál es el problema ?

— Gay del Paraguay. *¡Venga, hagamos algo en el puente!*

— Esta en la edad del pavo

— Montar un cirio

— No importar un pepino » 2

Afin d'éviter toute forme de masturbation mentale, je reprends en français, tout sera plus simple.

« Tu es allé faire un tour à fiesta de las Ńatitas ? »

— Pas que ça à foutre. J'ai bossé sur les incendies qui ont ravagé le pays, t'as dû en entendre parler. Depuis presque un an, trois millions d'hectares de forêt sont partis en fumée. La situation est critique. Edmundo a sollicité l'aide internationale, mais je me demande si les gens en ont quelque chose à branler de ce qu'il se passe ici... ça me désespère. Qu'est-ce tu veux que la France se bouge pour nous ? OK, paraît qu'elle va envoyer une centaine de pompiers, whouaou. L'Ukraine et Israël passent avant tout.

Mario parle vite, trop vite, il est à cran, ça s'entend.

— T'as l'air remonté...

— Un poco. Pourquoi tu m'appelles ?

— Je suis sur la rédaction d'un article, je ne peux pas faire trop long, mais j'ai en ma possession un ordinateur portable... J'ai réussi à l'ouvrir, là, pas de problème, cependant, y a un dossier « X » qui a attiré mon attention.

— X ? T'es sérieuse ?

— On ne peut plus sérieuse... et, dans ce dossier, y a un tas de fichiers .dmg, on me demande un mot de passe.

— Ce sont des fichiers cryptés. Je vais prendre

le contrôle. Donne-moi l'ID de l'ordi et le mot de passe, laisse-le allumé.

— C'est tout ?

— Oui… au fait, t'es matinale ou… il me demande, en tapant sur les touches d'un clavier.

— … pas encore couchée…

— Ben vas-y, quand tu te réveilleras, tu auras accès à toutes les informations dont tu as besoin.

Je lui fais une entière confiance, tu m'étonnes John, je ne peux pas tout dire sur lui, mais mon frangin c'est un hacker de génie.

***

15h30 *du mat'*, je me réveille la tête dans le cul… une fois de plus… maux de tête carabinés, palpitations et tout le merdier.

Quatre appels en absence, un SMS de Gabriel, un de Julie, et un de Mario. Je commence, bien évidemment par celui du Poulpe : « *T'es où ? Qu'est-ce tu fous, je t'attends au bar* ». Je réponds que je viens de me lever, que je suis fracassée, mais que je le tiens au jus en ce qui concerne ce qu'il sait que je sais. Restons flous.

Qu'est-ce qu'elle me dit la belle rousse ? Elle me dit qu'une nana est passée au bar, Carine, la serveuse du Billy B, elle cherchait après moi. J'aime quand les choses arrivent toutes seules sans faire trop d'effort. Je demande à Ju si la meuf a laissé son tel ou un message pour moi, elle me répond qu'elle habite le squat de la rue Sainte Marthe dans le dixième… Et enfin, Mario m'écrit avoir tout décrypté, et il me souhaite un bon visionnage en ajoutant, « *J'sais pas dans quoi tu t'es fourrée, mais ça à l'air d'être du lourd, une fois de plus* ».

J'me laisse guider par mon instinct et non par ma raison. Plus j'avance dans cette histoire, plus je me demande qui a tué Marine, comme qui a tué Pamela Rose.

Je vais me préparer un café. La maison est silencieuse. Lili n'est toujours pas rentrée.

Je retourne dans « ma » piaule et en avant Guingamp.

L'ordinateur est en veille, je tape le mot de passe, et clic sur le dossier X. Fichier MP4, *perfect*.

2 - N.d.A. : Pour info, je ne pipe pas un mot de castillan, de ce fait, si tu parles espagnol, ou si tu as eu la curiosité d'aller sur Deepl.com tu t'apercevras que ce dialogue n'a ni queue ni tête... Tu n'imagines pas la galère pour réussir à taper « á » ou « ¿ »

CHAPITRE 12
MP4 - vidéos sans son - et Dalila

Dans mon petit carnet, j'essaie de noter au mieux les détails des vidéos que je visionne sur l'ordi de Marine...

Vidéo 1... Dans le bureau - Caméra à l'entrée, en hauteur angle gauche

13/06/2020 19:28:39

Marine est seul dans son bureau. Il parle à quelqu'un en direction de la porte d'entrée.

Une jeune femme blonde, cheveux long, mince, entre dans la pièce. Elle s'assoit face au bureau devant lequel est assis Nicolas. Ils discutent. Nicolas rigole. Il se lève, il s'approche de la fille. Il jette un coup d'œil vers la caméra. Il contourne la fille afin de se mettre face caméra, les fesses appuyé contre le rebord du bureau. La fille est de dos. Marine lui parle, elle se lève. Marine touche la fille qui se recule. Marine rigole, et lui parle. La fille s'approche de Marine. Elle baisse la tête et se laisse déshabiller par l'homme, qui jette souvent des coups d'œil à la caméra. Marine fait glisser la blouse blanche, la fille est en lingerie, il me semble qu'elle tremble. Il enlève le soutien-gorge, et fait glisser la culotte sur le sol. La fille est nue, toujours de dos. Elle a l'air de croiser les mains devant sa poitrine. Marine lui indique le bureau, d'un mouvement de bras. Elle se penche sur le bureau, la poitrine posée dessus. Marine fait un mouvement, il me semble qu'il baisse la fermeture éclair de son pantalon, il se tourne encore une fois vers la caméra et sourit de façon perverse. Il est maintenant dos à l'objectif. Il a une relation sexuelle avec la fille. Une fois l'acte terminé, la fille se relève, face à lui, elle pleure. Elle secoue la tête. Marine passe derrière le bureau, ouvre le placard en plastique beige dégueu, il fouille, il sort un papier qu'il tient dans sa main. La fille se rhabille en pleurant. Une fois habillée, Marine lui tend un billet de 50 euros. La vidéo est assez nette pour que je reconnaisse la couleur, sans pouvoir, cependant, discerner avec exactitude l'architecture de la Renaissance.

La fille prend les cinquante euros et part à 19:39:56

Vidéo 2... à l'entrée du Billy Burger - caméra angle droit

19/06/2020 19:10:02

Une fille nettoie la vitrine réfrigérée. Elle porte la même tenue que la blonde de la première vidéo. La fille est brune, cheveux mi-longs, rondelette, paraît très jeune. Il s'approche d'elle. Elle se tourne vers lui, elle lui sourit. Il indique du doigt un endroit sur la vitrine. Elle se baisse et donne un coup de chiffon. Marine l'empoigne, elle se tourne affolée. Il la serre contre lui et la bouscule violemment, le visage de la fille est collé contre la vitrine. Elle se débat, il me semble qu'elle crie et qu'elle pleure. Il la tient fermement d'une main, de l'autre, il soulève sa blouse blanche. Il fait un mouvement vers sa braguette, la fille a toujours le visage collé contre la vitrine, elle pleure et ne se débat plus. Marine la pénètre. La fille s'habille en tremblant. Marine la prend contre lui, il lui parle en penchant légèrement la tête vers elle. Elle opine du chef et sort du champ à 19:27:58

Vidéo 3… dans le bureau

03/01/2021 19:45:09

Une fille brune, cheveux courts, est assise sur la chaise devant le bureau, dos à la caméra. Marine est assis sur l'angle de son bureau. Il fait un mouvement de main de bas en haut. La fille se lève. Marine s'approche d'elle. Elle recule. Il la bouscule, elle tombe sur un carton, elle porte la même blouse blanche que les deux autres filles. Elle ouvre en grand ses yeux, surprise. Marine s'approche d'elle. Il ne l'aide pas à se lever. Il la tire par les jambes. La fille est au sol. Elle se débat. Elle crie. Marine est entre les cuisses de la fille. Il déchire sa blouse. Elle se retrouve en sous-vêtements. Il la menace de la frapper. La fille fait non de la tête. Il arrache sa culotte. Il s'allonge sur elle. Elle pleure. Il la pénètre, on voit ses fesses bouger de haut en bas. Il se relève. Il jette un coup d'œil à la caméra et sourit. La fille rampe jusqu'à sa culotte, et toujours assise par terre, elle la remet en tremblant et en pleurant. Elle se relève. Elle referme sa blouse en la tirant des deux côtés sur le devant de son corps. Elle lui parle en baissant la tête. Marine lui parle calmement. La fille hoche la tête de gauche à droite. Marine lui crie dessus en remontant sa fermeture éclair. La fille sort du bureau à 20:15:26

***

Les vidéos sont toutes espacées de quelques mois, mais il s'agit toujours quasi de la même heure, mais jamais des mêmes filles, sauf...

Je clique sur les autres vidéos sans les visionner, je renomme les fichiers, 30 01 2021, 12 06 2021, 23 12 2021 ; 04 04 2022, 08 08 2022, 30 12 2022, 01 02 2023, 12 09 2023, 15 09 2023... à partir d'octobre 2023, la même fille revient à chaque fois, certainement Carine.

Je clique sur le dernier fichier pour peut-être tomber sur le jour du crime...

Vidéo 17... dans la chambre

01/12/2023 12:12:36

Marine est couché dans son lit. Une fille grande, brune, s'approche du lit. Elle porte une tenue d'écolière. Elle a dans la vingtaine. Elle s'approche du lit. Marine est allongé, nu, sur le dos, il bande. La fille danse et enlève doucement ses vêtements. Marine se lève. Il rejoint la fille. Il lui parle, la fille va sur le lit. Marine sort une caisse de dessous le lit. Il l'ouvre et sort trois paires de menottes. Une pour attacher ensemble les deux mains, et une paire pour chaque pied. Il attache la fille au lit qui ne bouge pas. Elle ne bronche pas, mais n'a pas l'air heureuse. Marine cherche quelque chose dans la caisse. Il sort un foulard. Il met le foulard autour de la bouche de la fille qui se laisse faire. Marine tient un objet dans ses mains, il le met entre les cuisses de la fille. Prostrée, elle garde ses yeux fixés vers le plafond. Ses yeux sont remplis de larmes, comme si elle essayait de les contenir. Marine fait subir quelques sévices à la fille, coups de martinet sur le ventre et les seins, et la pénètre avec un godemichet… la vidéo s'arrête à 12:45:02

***

Je pensais tomber sur la vidéo du jour du crime, je me suis plantée. Telle une voyeuse qui n'a pas eu son lot de montée d'adrénaline, je suis un peu déçue. Puis, d'un coup d'un seul, je m'immobilise. Mon cœur bat à tout rompre dans ma poitrine… une angoisse subite m'envahit, je sue des aisselles et du nez… J'ai pu me rendre compte qu'il y a des caméras dans toutes les pièces du Billy Burger, même celles de l'appartement. Et si les caméras étaient encore actives ? Comment faire pour trouver les dernières vidéos ? À cet instant précis, je repense à notre escapade au Billy B. Il faut absolument que je récupère ces vidéos.

Je cherche dans l'ordinateur, une application qui pourrait me permettre de récupérer les images, mais rien. Il est 16h30 quand je me décide d'appeler Mario une nouvelle fois. J'espère qu'il sera encore réveillé.

Première sonnerie… deuxième sonnerie, bordel, réponds… troisième sonnerie, quatrième… Répondeur, fait chier… Si les flics décidaient de faire une descente aujourd'hui ? Je me rassure comme je peux, en me disant qu'ils sont tellement perchés qu'ils ne penseront peut-être pas à regarder dans les angles pour trouver les caméras. Et si jamais ils les trouvaient ? Comment pourrions-nous expliquer notre présence ? Mon cerveau se met en branle, il fonctionne à mille à l'heure, je vais me choper des cheveux blancs... Si jamais on se retrouve coincés au commissariat pour expliquer la situation, on pourra dire que... c'étaient des sosies, que nous, nous étions en train de nous torpiller la face à coup de beaujolais à la Sainte-Scolasse devant témoins. Une petite caisse rescapée que les filles, au bar, auraient retrouvée... ou bien, on pourra dire que c'est un montage grossier pour nous faire chanter... les I.A. font des miracles aujourd'hui...

Allez Mario, réponds-moi !... j'essaie de l'appeler à nouveau... première sonnerie, deuxième sonnerie, bordel Bro, ce n'est pas le moment de me lâcher... troisième sonnerie : « Ouais ? », voix endormie de mon frère de cœur.

— C'est moi, j'ai regardé quelques vidéos... le problème c'est que... je ne retrouve pas les plus récentes...

— ... OK... le gars doit télécharger ses vidéos sur son ordi... dans chaque caméra il doit y avoir une carte SD... J'espère qu'il n'avait pas l'appli sur son téléphone portable... Au fait, c'est qui ce mec ?

— Un gars qui s'est fait dézinguer...

— OK... faut que tu retournes là-bas, que tu récupères toutes les cartes SD... Sinon, t'es dans la merde ma chérie...

— Je trouverai une solution.

Je raccroche. J'appelle Gabriel. « On est dans la merde... »

— Quoi dans la merde ? Il me répond la bouche pleine...

— T'es à la Sainte-Sco ?

— J'en suis parti, je mange un kebab dégueulasse, en plus, avec les médocs, j'ai des douleurs qui me contorsionnent les boyaux... On se rejoint au parc Trousseau.

— OK, dans trente minutes...

Je suis en nage... pas le temps pour la douche qui attendra ce soir... ou demain, m'en fous. Je me suis endormie habillée ce matin.

Je ferme l'ordi, je le planque sous le lit.

Je chope ma doudoune, et je me casse de l'appartement.

CHAPITRE 13
C'EST QUOI LE PROBLÈME ?

Je dégringole les escaliers, en sautant la dernière marche, j'ai failli me vautrer. J'ouvre la lourde, pas de hasard dans la vie, je vois au loin un taxi. Lumière verte, je chope au vol le tacot, j'arriverai plus vite à Trousseau.

Le chauffeur essaie d'engager la conversation. Sur le petit écriteau devant moi, y a son nom et son prénom, j'suis pas d'humeur « Edmond Moussaillon », appuie donc sur le champignon.

Je pense qu'il a su, d'un regard, décrypter mes émotions. J'ai la sueur qui coule sur mon front. Me v'là à faire des rimes à la con.

Durant les cinq minutes de trajet, j'essaie de rassembler toutes mes idées. Je me demande par quoi commencer. Lorsque mes pensées commencent à s'éparpiller, je ne peux m'empêcher de divaguer-*vaguer*.

Les images des vidéos me triturent le ciboulot. Toutes ces filles ont été abusées par cet enfant de salop. Il les a salies, bâillonnées par la peur, la honte, l'argent. Il a vidé leurs yeux de leur lumière, exactement comme le regard des enfants du bled qui doivent faire « des choses » pour satisfaire l'adulte... comme le mien, quelquefois.

Je suis à deux doigts d'appeler Mathias, mais dans la mesure où je suis dans un taxi et que j'arrive dans quelques minutes au squat, je préfère patienter... il me faudra du temps pour tout lui expliquer...

Le chauffeur stoppe la voiture... Enfin... Je tire de ma poche un billet froissé que je lui tends, suivi d'un « gardez la monnaie », m'en tape, ce n'est pas mon blé...

Gabriel fume une clope le cul posé sur un banc en bois. Je cours vers lui... Il me regarde et, d'un air amusé, me dit, « Tu n'as pas dormi ? ».

— On s'en fout, je lui réponds en m'asseyant à côté de lui.

Telle une voleuse, ce qui est le cas, je regarde autour de moi. « No body » - no crime... *He did it* – comme le chante Taylor... Je m'approche du Poulpe. « On est dans la merdasse p'pa ».

— Raconte !

— Tu m'as dit que tu savais qu'il n'y avait pas d'alarme au Billy B...

— ... Exactelly...

— … Et les caméras de surveillance, t'y as pensé ?

— Quoi ?

— Les caméras bordel… Le B.B. est truffé de caméras, et l'appartement aussi… J'ai consulté l'ordi de Marine, j'ai vu des vidéos… des caméras sont cachées dans chaque recoin de CE PUTAIN D'ÉTABLISSEMENT… et si les keufs passent, nous, on y passe aussi… parce que…

— … Doucement… doucement… Les flics ne passeront pas, ni aujourd'hui, ni demain… Ils ont d'autres chats à fouetter pour l'instant, mais je crois surtout qu'ils veulent faire traîner l'histoire, donc, j'y retournerai… Tu sais où elles sont ?

— Ouais, je crois, mais pas toutes…

— Donne-moi la position de toutes celles qui pourraient nous concerner…

Je sors mon carnet, il fait de même en reniflant bruyamment, la crotte au nez et peut-être même la pète au cul… tout le monde tombe malade, et Le Poulpe n'est malheureusement pas épargné… bref, il scribouille, à l'ancienne, rien ne vaut le stylo et le papier. Il note tous les endroits où se trouvent supposément les caméras. « Et on le voit sur les vidéos quand il se fait buter ? », il me demande, sans quitter des yeux la pointe de son stylo.

— Négatif, peut-être sur les cartes SD…

— Les cartes quoi ?

— Gabriel, que comptais-tu faire avec les caméras exactement ?

— Ben, les démonter…

— Laisse tomber… ne les démonte surtout pas…

— Ben comment veux-tu que...

— ... Tu me fatigues... sur le côté des caméras, il y a une petite encoche, à l'intérieur, il y a une carte micro SD aussi grosse qu'un coléoptère.

Je regarde mon vieux, il hoche la tête de bas en haut en pinçant ses lèvres, en mode concentration. Il est au bout du rouleau, il a besoin de repos, je doute que ce soit une bonne idée qu'il retourne seul au Billy B.

— Bon, je me casse dans vingt minutes pour rejoindre Carine, la dernière serveuse du Billy B... j'en ai pour, grosso-merdo, 20 minutes en métro.

Gabriel sort deux bières de son sac à dos noir abîmé. C'est moi, ou je passe mon temps à boire en ce moment ?... Je patiente quelques instants, avec un peu de chance, il va proposer de m'accompagner... Il me tend une binouse encore bien fraîche. Avec le temps qu'il fait, j'aurais préféré un vin chaud, mais je ne vais pas jouer à la difficile... Le Poulpe boit une gorgée et, l'air de rien, me sort : « Ne sois pas trop autoritaire, sinon, elle va se braquer ».

— Je ne suis pas autoritaire...

— Un peu rigide parfois, tu ne te rends pas compte... c'est un conseil que je te donne, commence par lui payer un verre, puis, t'y vas en douceur.

— OK... autre chose monsieur ?

— Tu veux que je t'accompagne ?

— Ouais, OK... mais tu resteras dans la voiture cette fois...

Il lève les yeux au ciel et renifle une fois encore... Le rhume n'est pas totalement mort.

Il sort de sa poche son vieux mouchoir en tissu. Un jour, je lui achèterai un lot de jolis mouchoirs brodés tout neufs, il me fait pitié avec ses vieux tires-jus...

17h15 La nuit commence à tomber... il fait de plus en plus froid. Mieux vaut y aller maintenant avant que Gabriel chope une pneumonie...

17h16... Sans même me regarder, Gabriel me sort : « Vivement l'été, Paris me fout le bourdon. En mai, je me casse sur la Côte, pétanque, pastaga et tout le merdier, je me demande même si je ne vais pas partir avant. Un poto m'a appelé pour l'aider à effectuer quelques petits travaux dans sa maison, contre le logis, le couvert et l'apéro. » Je ne sais absolument pas quoi faire de cette information, alors je ne dis rien. On termine en silence nos deux bières.

CHAPITRE 14
LE SQUAT DE CARINE

Je me dirige vers le lieu de rendez-vous, le portable collé à l'oreille gauche, Julie et ses peines de cœur-le retour... « Tu es où là ? On peut se voir ? » elle me demande.

— Ju, je rejoins Carine au squat dans le quartier Sainte Marthe...

— Le Poulpe est avec toi ?

— Il m'attend, bien au chaud, dans le bar du coin...

— Dans un squat ? et t'y vas seule ? Et cette pauvre fille, ça doit être terrible pour elle...

— Pourquoi ?

— Ben, la dope, l'alcool, les trafics, les bastons etc...

— Bon, je vais t'éclairer jolie poupée “bien née”...

— Je n'aime pas quand tu dis ça...

— J'ai l'habitude des squats, j'y loge de temps en temps. T'as une mauvaise idée de ces lieux de vie précaires mais indispensables. Il ne faut pas croire tout ce que les médias crachent... tu te rends compte qu'il y avait plus de 19% de logements inoccupés à Paris en 2020... soit environ 262 000 abris.

— Avec la crise du COVID, ça a dû augmenter...

— Ouais, il y aurait plus de 3000 personnes qui vivent dans la rue actuellement. Mais, comme pour toutes les estimations du gouvernement, tu peux multiplier... Si les logements et les bureaux vides servaient de lieu pour les sans-abris, les gens ne dormiraient plus dans la rue.

— Et les propriétaires ? Tu te rends compte, la galère pour eux. Ils ont un appart ou une baraque non vendue, et du jour au lendemain leur bien est occupé par des gens inconnus, qui bien souvent foutent un brave bordel, et impossible de les déloger en plus...

— J'entends... mais ne vaut-il pas mieux que les gens aient un endroit pour s'abriter plutôt que de dormir devant des bâtiments vides ? Un coup de pied de biche peut sauver des vies, surtout en hiver...

et leur nouvelle loi anti-squat va accentuer la misère. Un squatteur, de nos jours, risque trois ans de prison et 45 000 euros d'amende, contre un an et 15 000 euros auparavant, tu trouves ça normal ? Surtout que s'ils squattent, c'est qu'ils n'ont pas de thunes, alors, leurs amendes... C'est l'hypocrisie politicienne...

— Il n'y a rien de normal. Mais... n'empêche que moi ça me ferait grave flipper de vivre dans ce genre d'endroit.

— J'y ai rencontré des gens formidables, des artistes bien plus méritants que certains qui parviennent à gagner des millions en scotchant une banane sur les murs en béton, ou pire, ceux qui exposent des plugs anaux place Vendôme, comme McCarthy et son "tree"... bon j'arrive devant le bâtiment. On s'appelle un peu plus tard ? ça va aller toi ?

— Ouais... de toute façon je dois y retourner, sinon ça va être la crise assurée... j'en peux plus, je te jure...

Me voilà donc à l'entrée du grand bâtiment. Une femme brune, fume une clope devant la porte. Je la reconnais, c'est Carine... Elle a sa main droite plantée dans la poche d'un long manteau abîmé. Un véritable zombie, les yeux dans le vide, aucune expression sur son visage fatigué. Elle porte une paire de baskets usées. Elle pose son regard sur moi, esquisse un petit sourire, jette sa clope... « Gabriella ? ». Je m'approche, on se check, on se lance deux trois banalités, « salut tu vas bien, il fait froid aujourd'hui ».

Carine a les yeux clairs, de ceux qui en ont déjà

trop vu. Ses lèvres sont pulpeuses, son nez étroit et aquilin, ce qui n'enlève rien à son charme, au contraire. Elle n'est pas maquillée, elle n'a pas besoin de peinture de guerre pour sublimer sa beauté.

Elle m'entraîne vers sa taule. On longe un long corridor dans lequel quelques personnes discutent. La voix d'une femme résonne, accompagnée d'un air de trombone. J'ai vécu de sacrés bons moments dans ce genre d'endroits, entre les rencontres enrichissantes, les teufs, le taf à foison... faut voir comme je suis productive, le cul posé sur un matelas à même le sol. À croire que la misère booste la créativité.

Carine pousse une porte, on atterrit dans une petite pièce, propre, petit bureau de fortune, quelques fringues suspendues à des cintres sur un fil à linge accroché contre le mur. « Je suis ici depuis hier soir, j'ai dû quitter mon logement, mon proprio m'a foutue à la porte, heureusement que je connais une meuf sympa qui m'a donné ce plan, sinon, j'aurais été bonne à dormir sur un banc. » Elle a une voix suave, et elle sent bon la violette.

« Tu sais, je te suis sur les réseaux, et je lis souvent tes articles sur ton blog, c'est pour ça que je t'ai tout de suite reconnue... j'aime ce que tu fais. Tu n'as pas froid aux yeux. Quand j'ai lu que tu étais en train de t'informer sur Marine, j'ai pensé que ce serait bien que je te rencontre. Paris est petit. Tu imagines ma surprise lorsque Martine m'a dit qu'elle te connaissait ! » me dit-elle en ouvrant une glacière.

Je suis toujours surprise par le nombre de gens qui me « connaissent » et qui font mine de rien. Je ne savais pas que la commère était informée de mon travail, mais ça fait « zizir » comme dirait Casimir, de savoir que je suis lue, même en « sous-marin ». Carine sort une bouteille de jus de fruits, et chope une pile de gobelets. « Je suis désolée, je n'ai pas grand-chose... »

— C'est parfait...

Elle sourit et me tend un verre... Elle prend place sur le matelas posé sur le sol, je m'installe sur la chaise en formica en face d'elle. Je sors de mon sac mon petit carnet et mon stylo... Après un court silence, pour le coup, relativement malaisant, je me lance : « Je suis en train de récolter toutes les informations que je peux sur Marine, effectivement... Tu bossais donc pour lui, du coup, tu as perdu ton boulot, et je sais que c'est difficile de trouver un job, même si tu essaies en traversant la rue quatre fois par jour, comme le dit Manu... » Je m'efforce, du mieux que je peux, de détendre l'atmosphère. Carine caresse le haut du verre de son index droit. « Je ne te demanderai qu'une petite chose, c'est de ne pas m'enregistrer... »

— Ça va de soi...

— ... Le Marine n'était pas un chouette patron...

Elle soupire, le regard fixé sur la petite tâche incrustée dans le béton. Je crois que Gabriel va devoir patienter longtemps, car parti comme c'est parti, *j'suis pas encore partie...* Carine boit une gorgée de jus, certainement pour se donner du courage, les vertus des fruits sont étonnantes.

« J'en ai fait des boulots ingrats, mais celui-là, c'était le pire de tous, mais j'ai tenu plus de trois mois, et j'aurais pu tenir plus longtemps si Marine était toujours vivant. Un contrat de travail, c'est le graal pour sortir de la précarité, enfin, quand t'es payée... »

— Comment ça ? Tu n'étais pas payée ?

— En théorie, si, mais il me disait qu'il avait des problèmes avec son comptable, qu'il me paierait tout d'un coup, dès que la relation avec ce dernier se passerait mieux. Et à côté de ça, Monsieur le Patron se payait deux trois jours de congés par mois, à Genève, cigare aux lèvres, pour s'enfiler des fondues moitié-moitié et se faire sucer dans les bars à pipes. Je t'en foutrais, moi, des problèmes de compta... mais il n'y a pas que ça... »

Carine me raconte tout dans les moindres détails. Elle me raconte la tyrannie vicieuse de Paule, la patronne, qui était informée des déviances sexuelles de son mari, mais qui se taisait, certainement dans un plaisir pervers complice. Elle me raconte le sexe, entre midi et deux, et le soir après dix-neuf heures. Elle me raconte les scènes dans la chambre à coucher, dont une que j'ai pu visionner en entier. Elle me dit qu'elle n'avait pas d'autres choix que d'accepter, la menace de se faire virer pesait tous les jours sur ses frêles épaules.

« Pourquoi tu n'as pas porté plainte ? » je lui demande.

« Parce qu'on ne m'aurait jamais cru, Marine connaissait du monde, surtout chez les flics. Il me l'a bien fait comprendre. Si je me pointais au commissariat, ma plainte n'aurait pas été enregistrée, j'aurais été virée sur le champ, et comment j'aurais payé mon loyer ? Pour te résumer rapidement ma vie, je suis partie de chez moi à seize ans. Mon beau-père abusait de moi, ma mère fermait les yeux. Je vivais à Marseille, j'ai tout quitté, et avec l'argent volé à ma mère, j'suis venue à Paris. J'ai tenu trois jours, je dormais dans un hôtel pas cher. Je voulais prendre des cours de théâtre. Ma mère n'arrêtait pas de me dire que j'étais une excellente comédienne... Mais toutes les portes se sont fermées devant moi. Puis, j'ai rencontré Henry, tu le connais sûrement, il bosse à la radio. Il m'avait promis de me présenter plein de gens importants, je l'ai cru, j'étais jeune et naïve... »

— Henry, sur Hypo Crite Radio ? je demande, surprise.

— Oui, ce Henry là... Il m'a accueillie gentiment dans son appartement. J'avais seize ans, mais il s'en foutait complètement. Il m'a sautée, je me suis laissé faire, complètement tétanisée, mon corps ne répondait plus, je ne pouvais pas bouger. Une fois qu'il a terminé son affaire, il m'a lâchée. J'ai flippé, car je me suis retrouvée de nouveau au point de départ, sans endroit où dormir à part les bancs publics... C'est une femme de la Croix Rouge qui m'a sauvée, du moins un temps. J'ai été placée dans un foyer. J'ai appris que ma mère allait venir me récupérer, alors, j'ai fugué. J'ai vite rebondi, je me faisais un peu de thunes en me prostituant, je trouvais les clients dans des bars, au bois de

Boulogne aussi… Bien maquillée, je faisais plus que mon âge… mais, autant dire la vérité, certains gars sont plus attirés par les mineures… une fois majeure, j'ai commencé à travailler « légalement » ; ménage, plonge, service, puis, j'ai trouvé un appart, le proprio n'était pas très exigeant niveau paperasse, pas de contrat de location, ça m'allait très bien… et j'ai été embauchée au Billy Burger… je me suis dit que la roue tournait enfin…

Mon téléphone vibre, je le chope en m'excusant auprès de mon hôtesse. Un message du Poulpe. « J'ai dû rentrer, je passerai tout à l'heure au B.B. Je t'apporterai les cartes… »

— Tu savais que beaucoup de femmes ont été abusées par Marine, et personne n'a porté plainte contre lui ? Je reprends.

— Y en a qui ont dû essayer, mais c'est peine perdue, et maintenant qu'il est mort, on a plus qu'à vivre avec…

— Et quand tu as appris sa mort, ça t'a fait quoi ? Je sais que c'est une question que pourraient se poser quelques-uns de mes internautes.

Elle reste quelques secondes, les yeux grands ouverts, sans les cligner une seule fois… comme si elle cherchait à se souvenir. « J'étais soulagée et effrayée en même temps. Je savais que mon proprio n'attendrait pas le printemps pour me virer. Un peu comme ici, tu vas me dire. Pas de trêve hivernale pour les plus précaires ».

— Tu vas faire quoi maintenant ?

— Je pars en Ardèche dans deux semaines, une petite auberge recherchait du personnel qualifié avant mon embauche au Billy Burger, j'avais postulé, puis, le temps a passé, je me suis dit que je n'étais pas retenue... Hier, j'ai reçu un coup de fil et ma candidature a été acceptée. Je vais avoir une chambre qui sera déduite de mon salaire, mais je sais que je serai bien, en tout cas ça ne peut pas être pire que maintenant...

— Je te le souhaite...

— Voilà, je voulais te rencontrer avant de partir, déjà pour te remercier, et pour te dire ce que je savais sur Marine...

Poussée par un élan de compassion, je sors de mon sac l'enveloppe piquée sur le lieu du crime... j'ai un peu pioché dedans, mais il reste encore une bonne somme d'argent. Je dirais, dans les 1 500 boules. Je sais, certains trouveraient ça indécent et surtout imprudent de se balader avec une si grosse somme, mais moi, j'suis une dingue. Je tends l'enveloppe à Carine...

— C'est quoi ?

— Une partie de ton salaire. Prends-le, ça t'appartient, mais ne me demande pas comment j'ai fait pour l'obtenir...

— T'es sérieuse ?

— Carine, c'est à toi, tu ne l'as pas volé... te prends pas la tête.

Ses yeux se remplissent de larmes. J'ai même flippé un court instant, qu'elle me saute dessus pour me prendre dans ses bras...

CHAPITRE 15
DANCING QUEEN

21h15, mes semelles claquent sur le bitume de l'avenue Ledru-Rollin. Je relève le col de ma veste et enfile ma capuche sur mes oreilles. Je n'ai pas spécialement froid, c'est un automatisme chez moi. Ça me permet de faire abstraction du monde qui m'entoure.

Je ne vois pas le SDF qui fait la manche devant la Banque Populaire ; je ne vois pas la rangée d'arbres qui longent la rue ; je ne vois pas le cycliste qui a failli se rétamer en percutant une chaussure laissée à l'abandon sur la route ; je ne vois pas le chien qui balade son maître en bout de laisse ; je ne vois pas le couple sur le trottoir de gauche qui se dispute ; je ne vois rien, je n'entends rien, du moins, pas de façon consciente... Je suis toujours sur mes gardes, même lorsque mon esprit est occupé, comme si un bodyguard invisible marchait continuellement à mes côtés.

La mission Marine me turlupine. Même si j'avais décidé de ne pas me mêler du meurtre, j'avoue que ça me travaille. Qui a pu tuer ce bougre ? Pour quel motif ?

Sa femme ? Elle aurait très bien pu en avoir ras-le-bol de supporter son gros tous les jours, ainsi que ses combines... ça me laisse perplexe, pourquoi aurait-elle attendu aussi longtemps ? Il aurait suffi qu'elle fasse ses valises et basta... quoi que, ça ne doit pas être simple de se débarrasser d'un gars comme Marine... mais de là à le buter ?

Je repense aux photos qu'elle a postées, l'été dernier, sur les réseaux, tout sourire, lors de la merguez partie... qui d'autre aurait pu le tuer ? Lomagne ? Même si je doute fortement de sa sincérité, je n'arrive pas à me dire que ce soit notre homme... Boris ? S'il avait dû tuer Marine, il l'aurait fait depuis longtemps...

Une des serveuses ? Laquelle ? La sonnerie de mon téléphone interrompt mes pensées.

« C'est moi... » chuchote Julie. J'entends en arrière-plan l'ambiance de la Sainte-Sco, le resto doit encore être blindé à cette heure-là... Surprise, je lui demande : « T'es pas en service ? »

— Je fais une pause. Juliette et moi devions sortir ce soir, mais Juliette a chopé un gros mal de tête, mais moi...

— ... Julie, je t'entends mal... toi quoi ?

— Moi, j'ai envie de bouger, ça te dirait de sortir ce soir ?

— Disons que j'avais promis à Lili de passer la soirée avec elle...

— Lili pourrait venir avec nous, s'il te plaît... je te jure je vais craquer si je ne me défoule pas un peu...

— T'as le temps de changer d'avis d'ici minuit...

— Non, je te jure, je ne changerai pas d'avis. Accepte, s'il te plaît...

Qu'est-ce que je ne ferais pas pour mes copines. Adieu programme TV, calée dans le canapé sous une couette pilou-pilou...

***

Lili est en tenue « soirée détente ». Je m'avachis à côté d'elle sur le canap'. Je lui demande si ça lui dirait de bouger au lieu de s'encrouter sur son canapé. Ses yeux s'illuminent, elle ouvre grand la bouche, elle sautille sur le sofa... « Mais grave... tu veux aller où ? » Toujours partante pour les plans dernières minutes. Je souris pour lui faire comprendre que son enthousiasme me plaît et je lui dis :

— J'ai ma pote Julie, tu sais la meuf qui tient le bar de la Sainte-Scolasse, qui va se joindre à nous. Je vais éviter de vous emmener dans une de mes soirées clandestines, ça craint un peu trop pour vous... toi qui connais du monde, peut-être as-tu une idée...

— ... Je connais plein de lieux branchés « clandestins » mais déclarés. Mais avant, on pourrait aller boire un verre au « No limit » ?

— Tes lieux clandestins, ne le sont pas puisqu'ils sont déclarés... le « No limit » c'est dans le marais, c'est ça ?

— Oui, c'est ça... les clubs conventionnels sont passés de mode, moi je sors dans des clubs hors-normes et atypiques, souvent éphémères... Tu vas A D O R E R !

Elle se lève d'un bond, s'ébroue comme un chien qui sort de l'eau, complètement tarée la frangine... « Je vais me préparer... j'adore les plans de dernières minutes, on va trouver un endroit au top, hyper décalé, c'est... c'est un peu isolé... » elle en bégaie d'excitation...

— Tu frôles le danger, sans y goûter... je lui réponds.

— Exactement... Je vais appeler une de mes potes Alex, je devais ssssortir ce soir avec elle, puis j'avais dédécommandé, mais mais comme on sort entre cocopines on pourrait la rejoindre, elle aussi tu vas la kikiffer... et elle connaît tous les bons plans de Paris...

J'envoie un message à Julie pour lui dire qu'on se rejoint au « No limit » dès qu'elle aura terminé le service.

***

Après avoir passé deux plombes dans la salle de bain, ravalement de façade oblige, Lili sort ENFIN, transformée en bomba libidineuse. Je troque mon jean destroy et mon sweat contre un smoking noir que j'avais piqué à Gabriel, de toute façon il ne le portait jamais ; une chemise blanche retroussée sur les manches de ma veste, et paire de Santiags noires ; cheveux plaqués en arrière et queue de cheval.

Je glisse mon couteau dans l'une de mes bottes, et le tour est joué.

Gabriel vient de m'envoyer un message, il m'attend juste en bas. Je descends comme une dealeuse qui veut satisfaire son client.

« La classe gamine, on dirait une *pingouine* » il me lance, en se marrant et en me tendant une enveloppe.

— Toi aussi t'es classe... avec ton jean trop large, ta chemise bordeaux qui dépasse au niveau de cet incongru pull jaune poussin...

— Ton insolence te perdra... Là, je dois foncer,

j'ai un rencard, il me sort en me faisant un petit clin d'œil...

Le seul rencard qu'il doit avoir, c'est avec sa binouze et un bon film porno des années 90.

***

« Ah ! Ma chérie ! » hurle une grande blonde plantureuse, devant le « No limit ». Elle fait de grands signes dans notre direction. Lili court, tant bien que mal, perchée sur ses dix centimètres de talons aux semelles rouges, vers sa copine, sûrement Alex.

On rentre dans le bar blindé. Je lance, comme à mon accoutumée, une vision panoramique sur la clientèle du bar, histoire de repérer les potentiels dangers. Les gens commencent à se chauffer, mais aucun client n'a l'air bien méchant. Lilli me tend la main, *so cute*, et on se faufile jusqu'au fond de la salle pour rejoindre Alex qui nous présente trois meufs, ou plutôt trois aguicheuses de bar à champagne.

Nous nous installons autour de la table, et c'est partie pour boire un petit coup, c'est agréable, surtout lorsqu'on ne sort pas un kopeck. Je garde mon portable dans la main pour répondre plus rapidement à Julie, que je sais stressée, lorsqu'elle sort seule.

Les basses font vibrer les murs, et on est obligées de hurler pour se parler. Lili éclate de rire, elle me fait un petit coup de coude et me dit « Alex, va se faire mille boules ce soir, en plus, elle ne va pas payer l'entrée de la boîte. Elle bosse pour des promoteurs... »

— Ouais, OK des macs déguisés, c'est plus joli de dire « promoteurs »... je lui réponds.

— Tu connais ça toi ? Moi... jamais entendu parler, c'est un truc de dingue, on peut vraiment se faire de la thune facilement à Paris...

— Si tu le dis...

Les promoteurs, ce sont ces gars qui montent une micro-société, dans la totale *légalité*, ils font bosser les femmes, jeunes et jolies, dans les clubs en manque de clientèles. Faut dire qu'en 2023, les clubs sont en train de s'essouffler, faut bien trouver un moyen pour faire venir le consommateur, et rien de tel que la touffe pour les attirer. Deux des copines d'Alex se lèvent et se mettent à danser autour de la table. Ça piaille, ça rit, ça chante, ça remue, encore et encore... Les minutes défilent, et enfin, je reçois un message de Julie qui nous attend devant le bar, la foule à l'intérieur l'empêche d'entrer. « On y va ? » je lance à Lili déjà bien ambiancée.

— Ouais, Alex m'a conseillé un club clandestin éphémère à deux pas d'ici...

***

On entre dans le club « clandestin », ça me fait marrer, je sais ce que c'est que la « clandestinité », loin de ressembler à ce club plus que propret, à deux pas du quartier du marais. Les bobos parisiens sont avides de prise de risque « contrôlée ». La musique est à donf, même le contenu de mon verre danse la Zumba... Lili ne marche pas, elle trottine, et ma Julie la suit tout aussi émoustillée qu'elle.

Un des serveurs nous accompagne jusqu'à une table « vieille pie »... *V.I.P. c'est ringard...*

On a déjà un saut de champagne, la bouteille avec, et trois coupes. Lili a tout organisé, ça, c'est de la clandestinité ! À deux pas de nous, y a deux couples d'hétéros. Eux, je les sens moyens... « Viens danser » me lance Julie... pas trop motivée, je lui fais signe que je bois. Elle hausse les épaules, lève les yeux « aux cieux » et retourne près de Lili, en se déhanchant telle une *lap-danceuse* expérimentée... Elle me lance des regards lourds de sous-entendus, elle essaie de piquer ma jalousie, je la connais bien ma rouquine... ça me fait sourire. Je laisse faire, elle ne risque rien près de la blondinette.

Julie enserre la taille de Lili, elles rigolent, Julie est en mode « séduction-provocation »... Je jette un coup d'œil à mon portable qui ne fait que vibrer. Quatre appels en absence de Juliette... trois messages : « T'es avec elle ? », « Dis-moi juste qu'elle est avec toi stp, pour ne pas que je m'inquiète », « Je suis folle d'inquiétude, Gabriella s'il te plaît réponds-moi, dis-moi qu'elle est en sécurité avec toi. » Je regarde la gorgone rousse ; elle a détaché ses cheveux, ses « serpents » dansent au ralenti lorsqu'elle bouge la tête. Je ne peux pas laisser Juliette dans l'inquiétude. Je lui écris : « Je ne peux pas répondre, ne t'inquiète pas, elle est avec moi, elle ne risque rien... » Pour éviter d'entrer dans un dialogue sans fin avec Juliette, je décide de couper mon portable.

Julie s'est approchée un peu plus près de Lili... elle lui chuchote à l'oreille. Lili rigole et Ju encercle doucement son visage. Lili ne bouge plus du tout, elle reste statique, immobile... Julie dépose un baiser rapide sur sa bouche et la blonde éclate de rire. Elle se met à faire des petits bonds telle une gazelle sous amphétamines, et regarde dans ma direction, en hurlant : « Je m'encanaille, je m'encanaille »... C'est ça, encanaille-toi...

Les deux filles de la table à côté, se lèvent, démarche hautaine, mentons relevés, lèvres pincées. L'une, brune les cheveux mi-longs, porte une robe cheap bleue pailletée, certainement piquée à une libertine du Cap d'Agde, et des cuissardes à semelles compensées. Elle est plus grande que sa « compère » un peu pulpeuse, aux cheveux noirs, longs et bouclés, engoncée dans une combinaison rouge en vinyle.

Elles passent à côté des deux *encatadoras*, et les bousculent volontairement, j'ai bien vu le truc arriver, mais mes deux gourgandines s'excusent en riant, comme si c'était de leur fait.

J'ai ma Loba qui se réveille, je le sens bien, la colère commence à monter et me chauffer l'arrière de la tête, mais je laisse « couler », après tout, pour l'instant, tout à l'air « encore » calme. V'là que les deux meufs se livrent à un show de twerk en mode chaudasse, certainement pour détourner le regard de leurs mecs obnubilés par mes amies. Elles se donnent à fond pour redevenir le centre d'attention... Quand on voit mes plantureuses à côté de ces deux cageots, le choix est vite fait. Les v'là maintenant à singer une relation saphique, AirSex pathétique.

La plus grande des deux bouscule, de nouveau,

Julie, qui fait un écart sur le côté et renverse son verre. Elle jette un regard vers moi. Je lui fais un petit signe pour lui faire comprendre que je suis en train de bouillir. Elle hoche la tête de gauche à droite, elle s'approche, pose son verre sur la table, se resserre une coupe. « Laisse tomber Gabriella, ça va, on gère », me dit-elle, en souriant, avant de poursuivre : « Merci, je m'éclate comme une folle ». Moi aussi, j'ai envie d'éclater les folles... Je regarde de nouveau les deux sorcières qui ne lâchent pas l'affaire. Si elles continuent, les deux greluches, je vais les emplâtrer.

C'est la transition musicale qui stoppe le petit show des poulettes. Les deux *feas* se dirigent vers le fond de la salle. Julie et Lili me rejoignent. Lili hurle qu'elle déteste ce morceau. Julie s'approche de moi et me dit qu'elle veut faire pipi et qu'elle ne se sent pas très bien. Faut dire qu'elle vient de s'enquiller une bouteille de champagne un peu trop rapidement, le serveur, sous « je ne sais quelle directive », a eu le temps de remplacer deux bouteilles vides par deux pleines... Je me lève et l'accompagne aux toilettes.

* * *

Tout commence connement. La musique tambourine, l'électro chauffe les esprits et les corps. Suppléments d'alcool et de drogue pour certains, et on obtient un cocktail explosif.

Je tiens la tignasse de Julie qui vomit. Derrière la porte, j'entends une meuf qui gueule : « Ce n'est pas bientôt fini ? » Je réponds que ma copine ne va pas bien, qu'il faut patienter quelques minutes, et que pire des cas il y a les chiottes des gars à côté, et misère... ça tambourine contre la porte... Oh ! Malheureuse !

Je pousse la lourde, l'une des filles-de-la-table-d 'à-côté se la prend presque dans le nez, fait chier, elle l'a évitée. « T'es complètement tarée », me sort la gadji.

Je la pousse gentiment, jusqu'à ce que son corps percute le lavabo et je lui réponds d'un ton presque trop doux, que je lui ai demandé de patienter. Julie se tourne, et de sa voix douce, me répond, « C'est tout bon, j'ai fini, désolée ». Les filles-de-la-table-d'à-côté n'ont apparemment pas envie d'en rester là...

— Ça joue à la Barbie libidineuse et ça ne tient pas l'alcool... lance la plus grande sur un ton provocateur...

Je m'approche d'elle, je la bouscule, je lui demande de répéter. Julie me chope par le bras, « Viens, laisse tomber, ça n'en vaut pas la peine »...

— Qu'est-ce qui n'en vaut pas la peine connasse ? reprend la petite grosse.

— On vous laisse la place, on a terminé, répond Julie.

— Nous, on n'a pas terminé... crache la plus grande.

Loba... l'arrière de la tête qui chauffe, le cœur qui tambourine, ça sent pas bon, je sens que je vais vriller. Et...

La colère prend le dessus. Ça commence toujours comme ça... Je ne pense plus, j'agis. Mes portugaises bourdonnent, et mon sang bouillonne. I'Faut pas m'chercher, j'ai du mal à me contrôler. À la moindre agression injustifiée, je sors les griffes, mes crocs sont acérés. Je m'approche d'un pas assuré vers Julie. Je la chope par le bras et lui demande de m'attendre dehors. Faut voir la foule devant les chiottes, je me suis toujours demandé ce que foutaient toutes ces meufs durant des heures dans les cabinets alors que celles des garçons sont toujours vides... Julie me hurle « Non, pars avec moi, ne me laisse pas seule ». Je lui réponds calmement qu'elle doit rejoindre Lili et m'attendre... que j'en ai juste pour cinq minutes, montre en main. Je referme la porte...

Je me tourne vers les deux inconscientes qui se marrent. Qu'elles profitent encore de montrer leur belle dentition, ça ne va pas durer... « On en était où », je lance en direction des deux insolentes...

Les toilettes ne sont pas grandes. Deux WC en enculade dans un petit espace « détente », deux lavabos, deux souffleurs à microbes... et les deux insouciantes qui sourient bêtement. La plus grande s'approche, un peu trop téméraire à mon goût. Elle me pousse en me donnant un grand coup dans l'épaule droite, oh ! Malheureuse, faut *faire attention parce que je mets p't'être un peu de temps mais quand j'y suis, j'y suis !* [3] D'ailleurs, dans ma tête, défilent déjà tous les sévices que je vais lui faire subir. Je la bouscule à mon tour en posant mes douces et délicates mains à plat sur son poitrail aux obus artificiels... elle fait un pas en arrière. « Ne me touche pas avec tes sales pattes connasse ! »

La petite dodue en profite pour me sauter dessus en loucedé. Elle a essayé de me frapper. J'aurais voulu l'avertir que c'était peine perdue mais... dans son élan, son buste pivote déjà... scène au ralenti... à mon tour... Choku-zuki, merde j'ai failli me viander en glissant sur la petite flaque d'eau. Bonjour la crédibilité. Duelle à trois, on appelle ça comment ? un truel ? Je ne parviens plus à savoir qui m'attaque, quand l'une essaie de me choper par la queue, l'autre en profite pour me foutre un coup de poing dans le ventre. J'en crache par terre. Je me relève, et, d'instinct, mon os frontal percute son menton. Je l'entends geindre, elle crache du sang. « Onnasse su va m'le payer » qu'elle essaie d'articuler avec un morceau de langue dans sa main droite... L'autre me ressaute dessus, pire qu'une paire de couilles celle-là. Coup de coude dans l'estomac, coup de pied au niveau du genoux, elle s'affaisse au sol. Pendant que l'autre est en train de faire des grimaces devant le miroir, je termine la frangine à coup de tatane. « Aoutch aoutch aoutch », parvient-elle tout juste à articuler. Je l'achève au sol, non par lâcheté, mais histoire de lui inculquer quelques notions d'humilité. À l'autre pintade maintenant. Encore moins belle à regarder. Elle me fusille du regard, les yeux injectés de sang, sa bouche barbouillée d'hémoglobine. Elle me fonce dessus. J'enchaîne avec un yogo geri bien placé, la v'là de retour à la case départ, mais affalée sur le sol au lieu d'être face au miroir. Deux KO en quatre minutes chrono...

Je jette un coup d'œil rapide vers le « ring »... la plus grande essaie de se relever, n'y parvient pas... La v'là qui rampe, elle sautille sur place telle une mouche sans ailes. Triste tableau.

***

Je préfère et de loin mes Squats activistes antisystèmes à ces boîtes à bobos... je rejoins Lili et Julie. Elles m'attendent toutes deux à notre table VIP... mais, je rêve ? Les deux bolosses sont assis à côté, et ils tapent la discut' à mes copines qui n'ont pas du tout l'air d'être OK avec ça, vu leur tronche... Dès que Julie m'aperçoit, elle se lève. « Mon dieu Gabriella, il s'est passé quoi ? » Elle me lance surprise, et inquiète à la fois.

Je défais rapidement ma queue de cheval qui part en couilles afin de la refaire. Je lance aux filles « On va y aller, c'est le moment ». Les filles se lèvent... mais les gus aussi... L'un deux me chope le bras... je lui lance qu'il ferait bien d'aller s'occuper de ses copines dans les WC. Les gars nous lâchent et se cassent, certainement pour rejoindre leurs « moitiés », c'est le cas de le dire...

Le temps qu'on récupère les manteaux de Ju et Lili, les gars sont sortis des chiottes avec leurs nanas salement amochées. Ça sent pas bon.

On sort de la boîte, on marche le long de la rue. Il nous reste encore cinq minutes à pied avant d'arriver dans la rue principale, putains d'endroits éphémères loin de « toutes villes habitées ». On n'a pas le temps d'arriver au bout de la rue, que les deux gus nous rattrapent en courant… Julie claque des dents et Lili n'a pas l'air très rassurée non plus.

Je me baisse, chope mon schlass… « Pourquoi tu sors ça Gabriella ? Ne fais pas de conneries » me lance Lili… Je lui jette un coup d'œil, un petit sourire histoire de la détendre. « J'ai de la vermine à anéantir »… Les filles se blottissent contre le mur. Les greluches des gars, elles, ne sont pas là. Sûrement en train de se refaire une beauté, niark niark.

« Oh la radasse, t'attends pas les copains ? » me sort le grand costaud d'un mètre quatre-vingt-dix engoncé dans un costume trop petit.

— Faudrait pas que tu pètes les coutures de ton costard frérot, je lui réponds.

Les deux gars m'entourent, je les scrute… le gong ne va pas tarder à retentir. Le plus petit, veuch gominés à l'arrière, jean slim, pompes aux semelles lisses… quitte son cuir et le balance sur le côté. « Tu crois que tu vas faire quoi avec ton petit Opinel ? » Il me demande, en riant.

— C'est un Caïman Nero, tu te coucheras moins con ce soir, je lui lance.

— Encore faut-il savoir s'en servir ma jolie, me sort le grand glandu.

— Approche, viens donc tester.

Le grand loustic s'approche de moi, il me tourne autour. Je lis dans son regard qu'il est en train de se poser des questions sur ma santé mentale. Il tente un coup de poing, que je dévie avec mon avant-bras… coup de pied dans les valseuses, son corps flanche et se tourne sur le côté, coup de pied au cul et gros coup de latte dans le dos... « Gabriella derrière toi... » me lance Julie. Je me tourne mais... me prends une grosse claque. Ça me sonne un peu, je perds l'équilibre, je me retrouve au sol, un genou à terre. Je le fixe en essuyant le sang qui coule de mon nez. « Tu te bas comme une lopette », je lui sors.

Le zigoto que j'avais séché revient à lui, et, à peine ai-je le temps de me retrouver sur mes deux quilles, qu'il me saute dessus. Il m'agrippe par l'arrière et me tord le poignet. Je lâche mon schlass, fait iech, c'est un cadeau de Pedro. L'autre le récupère, pas question de lui laisser, c'est mon côté sentimental. Il s'approche avec mon couteau, qu'il ne sait même pas prendre en main. L'autre me tient toujours par l'arrière... Je fais un mouvement de corps, je lève mes deux pieds, et envoie balader le petit. Le couteau tombe au sol. Coup d'occiput au grand qui finit par me lâcher, je me retrouve sur le cul. Il s'approche de moi, le nez de traviole... je chope ma lame, et avant qu'il reprenne le contrôle, je lui sectionne le tendon d'Achille d'un mouvement sec à la Béatrix Kiddo. Il s'effondre. « Espèce de tarée, je vais te faire la peau », me crache le petit homme. Au loin, les sirènes de flics résonnent. Je lève mon regard, et m'aperçois qu'il y a une vingtaine de personnes, portable à la main, qui observent la scène à quelques mètres de nous, par curiosité morbide certainement. Une chose est sûre, on va se retrouver dans une vidéo virale, de celles qui affolent la toile... « On se casse y a les flics », lance le petit.

— Connard, je peux pas marcher, la salope m'a AHHHHHH AHHHH...

Je cours vers mes copines, blanches comme un linge. « On s'arrache, vite », je leur lance en essuyant discrètement le sang sur ma lame avec mon pantalon, vive le pressing.

Lili quitte ses pompes et on se met à courir vers la rue principale... Soudain, une vieille caisse déboule à vive allure avec un crissement familier. C'est la voiture du Poulpe qui, dans un dérapage semi-contrôlé, se met en travers de la route prête à nous réceptionner... portières droites qui s'ouvrent « automatiquement », merci à la force centrifuge ! Vive les vieilles caisses !

« Montez ! » nous hurle Gabriel. Il a certainement été averti par un de ses indics, et doit, j'en suis sûre, regretter d'arriver après la bataille. Bref, on grimpe dans la tire. Il me jette un regard de travers. « Qu'est-ce t'as encore foutu ? » Et là, Lili, l'air de rien, se met à déballer... « Gabriella, elle a fendu le pied d'un type avec son couteau, va lui falloir au moins vingt points de sutures... et elle a fracassé deux gars, leurs côtes avec... fallait y être pour le voir... je n'ai jamais vu ça, complètement fondue la gonzesse... et après... »

— ... C'est bon Lili, ferme-là... rétorque Julie...

— Va falloir qu'on cause gamine, me dit Le Poulpe.

Moi, j'suis fracasse, j'ai qu'une idée en tête, rejoindre mon pieu.

3 - N.d.A. : réplique Jean-Pierre Darroussin dans le film *Un air de famille*

CHAPITRE 16
CARTES SD

J'suis sortie m'acheter des clopes, Lili est toute bizarre depuis qu'on est rentrées de notre petite virée. Je pousse la porte de l'appartement. Je quitte mes pompes, et pose mes clefs dans la petite coupelle, sur le meuble de l'entrée.

Ma belle « colocataire », avachie sur le canapé avec un pot *Deguin D'As* sur les genoux, matte une série Netflix. Elle porte un vieux jogging difforme, ses cheveux sont attachés par un chignon qui part dans tous les sens. Avec un peu de chance, elle me remarquera à peine. J'ai du boulot, et je n'ai pas envie de passer trois plombes en conversation sans queue ni tête, surtout que le sujet risque de tourner autour... Je la salue rapidement. Elle se tourne vers moi et me dit, avec une petite pointe de glace sur le menton : « La semaine pro, y a ma sœur avec son gars qui viennent ici, ce n'est pas que je te mets à la porte, mais... »

— Ne t'inquiète pas pour moi, merci de me prévenir, je vais chercher un autre endroit... je lui réponds en lui souriant.

Ce petit revirement de situation m'interpelle... bref... pire des cas, je rejoindrai Carine. Je m'enferme dans ma chambre temporaire. J'ouvre l'enveloppe du Poulpe, dans laquelle se trouvent les cartes SD. Par laquelle commencer ? Je sors mon adaptateur que je branche à l'ordinateur.

Je passe rapidement en revue les vidéos. Me voilà à gratter de nouveau le papier...

Carte SD-1 - Le bureau. 07/12/2023 20:30:58

Je reconnais Lomagne, il a l'air énervé contre Marine. Marine est relativement calme. Nicolas s'approche de Lomagne et le menace du doigt. Lomagne sort du bureau, vénère, il a claqué la porte, tellement fort, que l'image a vibré.

Je commence à me détendre. La carte n'a pas été vidée, et n'ayant plus de quoi stocker, il n'y a pas d'autres vidéos d'enregistrées.

Carte SD-2 - Le Billy Burger. 8/12/2023 12:10:59

Je visionne quasi au ralenti la vidéo. Trois hommes, dont je ne parviens pas à discerner les visages, entrent en furie dans le Billy. Le boss du Billy Burger est seul. Un des hommes bouscule Marine. Il se rebiffe, un autre s'approche et lui tire une mandale. Marine se rend derrière le comptoir et sort avec une enveloppe et une boîte. Il les tend au troisième homme qui consulte le contenu de l'enveloppe, il fait signe aux deux autres de sortir... et plus rien... Bon un autre bon point, nous ne sommes toujours pas sur les vidéos...

Carte SD-3 - La chambre à coucher. 8/12/2023 12:56:12

J'accélère ma lecture, jusqu'au moment où je vois Carine qui extrait de sous le lit la valise où se trouve l'arme. Elle sort l'arme de son support. Elle est assise, le dos soutenu par le sommier du lit. Elle touche l'arme...

« Continuez Jackson, vous m'intéressez »[4]*... malheureusement la vidéo se stoppe...*

La petite cachotière ne m'a rien dit, serait-elle la meurtrière ? J'espère que non, sinon mon article aura moins de gueule si on commence à décrédibiliser les victimes ! Puis, j'ai beau avoir vu Carine dans un squat, je la vois mal évoluer dans une prison. Dans tous les cas, elle reste la seule personne à avoir un mobile et une arme pour ce crime à ce stade de l'enquête.

Rien de plus intéressant sur les autres cartes SD, à part celle de la salle à manger, le 8 décembre, à 14h15 min 56 secondes, Paule est avec un homme, ils se bécotent, et ensuite, Paule se met dans les bras du vieux et pleure... pourquoi pleure-t-elle ?... On ne le saura sans doute jamais.

J'envoie un SMS à Gabriel pour lui dire que nous ne sommes pas présents sur les vidéos.

J'ai, pour l'instant, le témoignage de Carine et la vidéo avec l'arme, il m'en faut plus... Je repense à Sophie, demain, je lui donnerai un coup de fil, et j'en profiterai pour appeler Mathias dans la foulée, afin de lui demander, si, à tout hasard, il aurait des informations sur l'avancée de l'enquête.

En attendant, je prends mon courage à deux mains, et j'appelle Le Poulpe, j'ai un peu le cul merdeux depuis la baston. Il a essayé de m'appeler à plusieurs reprises, mais je ne le sentais pas... bon, c'est parti pour du remontage de bretelles...

J'en profiterai pour lui résumer la situation, peut-être que je parviendrai à dévier son attention sur l'affaire Marine, plutôt que sur la rixe avec les zouaves.

Trois sonneries qui sonnent le glas de ma dignité… Il décroche.

— Oui Gabriella, qu'est-ce qu'il y a Gabriella !?

— Ça a l'air de te faire plaisir que je te rappelle… puis, ça fait deux fois Gabriella.

— C'est juste que je ne m'y attendais pas, je pensais plutôt avoir de tes nouvelles dans *Le Parisien* cette fois peut-être…

— Oh arrête un peu, je suis désolée de m'être faite justice seule sans que tu puisses assurer mes arrières, ça te va ?

— Si tu recommences, je raconte ta petite mascarade de tireuse de nez à ton valeureux Mathias, l'amoureux berné !

— T'oseras jamais.

— Ah ouais ? et pourquoi donc ?

— Parce que t'es pas une balance et tu ne supportes pas la compagnie des flics…

— C'est pas faux.

Bon, ça y'est, il est détendu du zboub… J'enchaîne sur mon enquête. Je lui dis que sur l'une des vidéos dans la chambre des patrons, Carine a trouvé l'arme de Marine. Et que je me demande si elle est partie avec. Il faut que je retourne voir la souris pour plus d'informations. Je lui raconte également que je dois rencontrer Sophie, une autre victime. Il insiste pour m'accompagner, il dit que mon couteau ne me sera d'aucune aide sous la menace d'une arme à feu.

Il essaie de me faire peur mais je sais que c'est surtout pour me protéger. Je lui explique qu'il vaut mieux que je mène moi-même les « interrogatoires », que ces femmes sont certainement traumatisées, et risquent d'avoir du mal à se confier, si un poilu est avec moi... de toute façon, il me fait suivre, maintenant, j'en suis sûre !

Il raccroche sur un calembour, qui me fait sourire.

CHAPITRE 17
COUP DE FIL À UN POTE

Lorsque je mets toute mon énergie au service d'une « étude », je suis dans un état d'excitation hors norme, et j'adore ça. Faudrait que je pense à écrire un roman sur mes aventures, un jour, peut-être... ça viendra quand ça viendra.

Avec un peu de chance, mon blog sera repéré par une maison d'édition, de celles qui ne craindront pas les auteures qui dénoncent. Je parle de chance car il paraît que bientôt les I.A. prendront le relais et sonneront la mort de la culture et du journalisme en bons promoteurs de la littérature censurée, *taboutisée*, aseptisée...

Paraît que les grands éditeurs ne sont plus à la recherche de talents, qu'ils se basent sur le nombre de followers, et partent à la chasse de toutes personnes populaires sur les réseaux sociaux. En ce qui me concerne, non seulement, je suis très suivie, mais, en plus, mon travail est bien fait. Alors pourquoi ne pas être éditée ?

Le seul problème, c'est que je l'ouvre trop, il faudrait que je mette de l'eau dans mon Singani, comme je dis.

Il est sept heures du matin... même le soleil sommeille encore. J'ai dormi trois pauvres heures, j'ai le palpitant qui s'affole, les yeux qui brûlent, mais le cerveau déjà actif...

Pas le temps de pinailler. Quand il faut y aller, faut y aller.

Je sors de la piaule, Lili dort encore, j'aurai la paix pour boire mon café.

Je traverse le salon. Sur la table, le pot de glace à moitié entamé, ressemble à une bouillie pour nouveau-né. Il y a une bouteille de vin vide, un verre à pied-*qui ne bouge pas*, un cendrier qui dégueule, des livres ouverts, des carnets de notes. Elle n'a pas dû faire un boulot extraordinaire, hier soir, avec ce qu'elle s'est enquillée, mais chacun bosse comme ça lui plaît.

Le cul posé sur la chaise de la cuisine, j'avale mon kawa en jetant un coup d'œil aux nouveautés. J'en profite également pour donner un coup de fil à Mathias... Il est amoureux et ne le cache pas. J'ai beau lui répéter que l'amour est le cadet de mes soucis, il insiste constamment. Ça fait plus de trois semaines que je ne l'ai pas appelé. Il m'a laissé moult messages que j'ai laissés en « vu », afin de mettre un peu de distance.

J'ai couché avec lui quelques fois, comme je couche avec d'autres quand le temps me le permet, mais ça ne veut pas dire que je veux me maquer, au contraire, je la kiffe trop ma liberté.

Je prends mon courage à deux mains et mon portable dans la droite. Je cherche son blaze, je clique, et j'attends. ... Première sonnerie... deuxième sonnerie... « Gabriella, ça me fait plaisir que tu m'appelles, comment vas-tu ? », commence-t-il avec la voix excitée d'un enfant à qui on annonce qu'il va partir pour Disneyland.

— Salut, ça va, et toi, les affaires avancent ? je demande.

— Un peu sous tension en ce qui concerne le boulot...

Je sens, à son intonation, qu'il n'est pas prêt à lâcher le morceau sans une petite récompense à la clef...

— Oui, je comprends, ça te dirait de boire un petit verre, ce soir ? Je lui demande.

— 20h30 chez moi ?... je dois avoir du champagne à la maison.

— Quelque chose à fêter ?

— Nos retrouvailles... à ce soir, je dois te laisser, j'ai un double appel.

Du champagne, why not... même si les bulles, je l'avoue, ont tendance à me faire péter. Je note mon rencard de ce soir dans mon agenda électronique. Je mets une alarme à 18h30, le temps de me préparer, de me faire « jolie » comme on dit, histoire de lui tirer les vers du nez plus rapidement...

Ça fait partie du jeu, il me renseigne, et moi, quand je peux, je le rencarde à mon tour, en mode Huggy les bons tuyaux. Je sais, je n'ai pas l'âge pour citer Starsky et Hutch, et pourtant... Faut que je t'explique comment j'ai connu cette série, oh c'est bon, ça pourrait être pire, je pourrais te raconter mon dernier rendez-vous gynécologique... Il y a quelques années maintenant, Gabriel et moi, on s'est tapé une nuit complète à regarder quelques saisons des deux flics. On avait fini complètement bourrés, à se marrer comme des idiots, devant les dérapages contrôlés de la Ford Torino. Voilà, c'est tout, fermer la parenthèse. J'apporterai les cartes SD à Mathias quand j'en saurai plus sur le tueur et, je l'espère, quand j'aurai innocenté Carine, car je ne pense pas qu'elle soit capable de trucider quelqu'un, cependant, elle a parfaitement le profil du bouc émissaire.

Je pinaille un peu avant d'appeler Sophie… Je décide de me recoucher, juste deux petites heures, histoire de me requinquer…

* * *

12h30… J'ai la dalle mais il n'y a rien à grailler… Avant de sortir, j'appelle Sophie, la copine de Magali.

Une petite voix me répond. Je me présente, *et pourtant, je ne m'appelle pas Henry*. Elle semble inquiète. Je la rassure, je lui dis qu'elle ne risque rien, alors que je n'en sais foutre rien… ils disent toujours ça dans les films : « Ne vous inquiétez pas, on assure votre sécurité », ensuite, les témoins se font buter… bref, je dois être convaincante, puisqu'elle finit par céder… rendez-vous validé.

Je chope mes clefs dans l'entrée. À peine ai-je eu le temps de poser ma main sur la poignée de la porte d'entrée, que Lili sort de sa piaule en petite tenue. Faut dire qu'il fait chaud dans l'appartement, les économies forcées de consommation d'électricité ne la concernent pas.

Il fait plus de vingt-cinq degrés dans son appart. Je suis obligée de dormir la fenêtre ouverte, car le thermostat est bloqué.

Contrairement à Lili, une chambre surchauffée n'a pas un bon effet sur ma santé.

« Tu t'en vas ? Déjà ? » me demande-t-elle, déçue.

— J'ai un rendez-vous…

— Avec toi, j'ai l'impression d'être la gérante d'un hôtel, on ne passe pratiquement pas de temps ensemble… On aurait pu se commander un Uber et passer la journée à glander…

— C'était le deal, tu le savais, je cherchais juste une piaule pour quelques jours…

— Ouais mais, on s'entend bien, on pourrait se voir un peu plus souvent. T'as bien deux minutes ? Il faut que je te raconte, hier, y a Justin qui m'a appelée. Je ne comprends pas pourquoi tous les gars, une fois qu'ils m'ont sautée, décident de me quitter. Je ne suis pas une mauvaise personne. Me dit-elle, avec des crottes séchées au coin de ses yeux gonflés.

— Oui… je réponds, pressée.

— Je suis une mauvaise personne ? elle me demande, en faisant une petite moue boudeuse.

— Mais non, on en reparlera plus tard, OK ?

Je n'ai pas le temps de tergiverser. Elle hausse les épaules, soupire, se dirige vers la cuisine… Je l'entends marmonner pendant qu'elle remplit d'eau, la machine à café.

Si elle se respectait un tant soit peu, peut-être que les hommes feraient de même.

CHAPITRE 18
INTERLUDE

Cette fois, Léon vient m'accueillir... il n'est pas en grande forme l'Allemand. Faut dire qu'entre son opération de la coucougnette et son grand âge... Combien ça fait déjà, six ans en langage chien ? Plus de quarante-cinq ans, c'est certain.

Je m'approche du bar... Huguette doit en être à son quatrième verre de piquette.

Juliette sert un café à un client... Les gens consomment moins d'alcool dans les bars, ils consomment chez eux, et pour cause, les contrôles de police renforcés, les prix qui ne cessent d'augmenter, les conseils qui tournent en boucle à la télé : « l'ivresse c'est tabou, on n'en viendra tous à bout ! » Il paraît qu'au siècle dernier, il y avait des spots publicitaires pour vanter les vertus des bières, du vin et même des cigarettes.

Juliette, sourire radieux, me fait signe de patienter... alors, je patiente.

J'ai la dalle. Je chope une cacahuète-pipi et l'engouffre, suivie d'une deuxième, et d'une petite poignée, je viens de finir la coupelle, j'te jure, quand on a faim, on bouffe n'importe quoi.

Juliette s'approche de moi et me regarde, surprise. « Je rêve ou tu viens de terminer la coupe de “cahuètes” ? ». Elle ne dit jamais le mot cacahuètes en entier... à chaque fois, ça me fait marrer. « Ça va, toi ? », je lui demande, par politesse plus que par curiosité.

« Oh oui, à la perfection… Hier, on a fêté nos cinq ans avec Julie, c'était top ! »

Tu m'étonnes. Après la tempête, le beau temps, rien de tel qu'une petite partie de jambes en l'air pour apaiser les tensions… V'là que Juliette se met à siffloter un air que je ne parviens pas à reconnaître… Elle se marre, me fait un petit clin d'œil, elle a eu sa dose de sexe, tout va bien dans le meilleur des mondes. Elle s'immobilise, les yeux braqués vers la fenêtre, un sourire béat sur les lèvres. « C'est beau quand même… On en voit de moins en moins, de la neige, y a plus de saisons… ça doit venir du réchauffement climatique, c'est certain ».

— Ouais, si l'humain était moins con, il remplacerait le béton par de la végétation, et y aurait moins de problèmes de réchauffement planétaire. Je lui réponds.

— Tu n'as pas tort… Ce qui va être coton, c'est la facture d'électricité. Le froid et le gel font carburer nos radiateurs… et on ne peut pas dire que le resto soit extrêmement bien isolé ». Me dit-elle en s'activant de nouveau derrière son comptoir.

Mon Dieu qu'est-ce qu'elle est bavarde, je préfère quand elle s'embrouille avec Julie, et qu'elle tire la gueule, au moins elle garde tout pour elle…

Je m'installe à ma table et commande une omelette, deux saucisses, un café, besoin de rester éveillée, une dure journée et une longue soirée m'attendent.

Mon téléphone vibre… Je le sors de mon sac à dos…

Y avait longtemps que je n'avais pas reçu de

message de « L'homme au masque de fer », c'est ainsi que je l'ai « baptisé ». J'avais hésité avec « Lucy l'australopithèque ». Je ne sais pas s'il s'agit d'un homme ou d'une femme, un non binaire, une licorne... car je ne l'ai jamais eu au téléphone.

La première fois que j'ai lu un message de cette personne inconnue, je ne savais pas si c'était du lard ou du cochon. J'ai laissé couler sans prendre en considération les conseils inscrits sur le SMS. La deuxième fois, j'ai agi de même. Puis, je me suis rendu compte, qu'à chaque fois, ces informations s'avéraient capitales pour la résolution de mes enquêtes. Depuis, dès que je reçois un de ses messages, je cours, je vole, j'agis.

Je ne perds plus mon temps à essayer de lui téléphoner, car il ne répond jamais. Il m'aurait pourtant suffi de demander à Mario de me retrouver son identité, mais j'aime bien ce mystère presque romanesque, en mode épistolaire 2.0 puis, les renseignements sont corrects, c'est l'essentiel.

« *Pour les besoins de ton article, va voir Ludmilla, Ukrainienne réfugiée à la Colline du Crack, grosse affaire* », j'en prends bonne note.

En attendant, focus sur mon entrevue avec Sophie. Je me demande si je l'ai vue dans une des vidéos, je le saurai bientôt. Avant d'oublier, j'envoie un texto rapide à Hassam, pour lui demander s'il connaît une Ludmilla.

Juliette m'apporte mon omelette, mes saucisses, et repart en flottant jusqu'à son comptoir. Je mange tant que c'est chaud.

Comme il n'y a que deux clients dans le bar-restaurant, c'est au tour de Julie de me rejoindre, elle tient fermement des deux mains, un mug fumant. Elle doit avoir froid la bichette. « T'en es où dans ton affaire ? Ça avance comme tu veux ? » me demande-t-elle.

— Ça avance… et toi ? Comment va ? Tout roule comme tu veux ?

Julie me sourit, elle a une petite fossette sur la joue droite. « Oui… non… ouais, j'sais pas trop, hier soir, Juliette m'a demandé en mariage, je lui ai dit oui mais qu'on avait le temps, que, pour l'instant, le pacs suffisait. Surtout qu'on joue au yoyo dans notre relation. Bon, ça, je ne lui ai pas dit… Mais, franchement, je ne me sens pas prête à m'engager dans une relation maritale, ça peut paraître con, un pacse ou un mariage c'est kifkif, non ?

— Il paraît que la séparation coûte plus cher si tu te maries… Tu lui en as parlé ?

— Non, je ne préfère pas, sinon elle va de nouveau péter un câble, elle va s'imaginer des choses, sa jalousie va nous tuer…

— Vous êtes pacsées, c'est déjà bien…

— J'suis bien d'accord avec toi. Je crois qu'elle veut se marier, parce qu'elle pense qu'ainsi tout sera acquis… le mariage, c'est la fidélité, l'exclusivité, alors que le PACS, c'est juste administratif… Pacsée, si je fais un écart, ce n'est pas bien grave, du moins c'est ce que je me dis… et pourtant j'ai rarement trompé Juliette… À part avec toi… Mais, ce n'est pas pareil…

— À t'entendre, on dirait bien qu'elle a raison de vouloir te marier, au final. Mais, je reste à ta disposition, si, un jour, t'as envie que je te REbaise...

— Gabriella... tu exagères...

— Non, mais médicalement parlant...

— "7 ans de mariage", v'là les références, elle me sort en éclatant de rire...

Juliette arrive d'un pas assuré. « Ça va les filles ? Vous avez l'air de bien vous amuser », elle lance, en riant jaune. Les femmes et leur sixième sens, les femmes et leur capacité à passer d'un extrême émotionnel à un autre en trois secondes... Je le vois bien dans ses yeux, qu'elle enrage, même si elle essaie de faire bonne figure. Je peux comprendre, elle a tout simplement peur de perdre sa Julie. Dire que, dans la vie, y a des choses bien plus graves que ça... m'enfin, comme dirait Gaston, leurs histoires ne me concernent pas.

Petit théâtre de gouines ; elles partent, bras dessus, bras dessous. Juliette chuchote à l'oreille de Julie, qui hoche la tête et lance un : « Pfff, n'importe quoi... » Elles retournent au turbin.

Je consulte le site de la météo, mon horoscope et... une info vient de tomber, sur l'affaire Marine...

« Du nouveau dans l'affffaire du Billy Burger, les policiers sont sur une piste prometteuse... Un premier suspect a été arrêté hier à 19h15 à son domicile. Ce dernier nie les faits. Paule Marine, quant à elle, est toujours en observation à l'hôpital. »

« Météo Paris : -2 degrés, la neige devrait recouvrir la capitale dans la nuit. »

« Sagittaire : Travail : Vous dirigez vos projets à la perfection. Votre travail porte ses fruits et

pourrait également vous permettre d'obtenir une promotion. Soyez attentif au moindre signe. »

Je pense qu'ils ont dû arrêter Lomagne, une fois encore Le Poulpe a eu du flair, heureusement qu'on a pu lui parler.

***

Quatorze heures doivent sonner sur tous les clochers. Je sors me fumer un cigarillo... la neige ne cesse de tomber, j'espère que ça n'empêchera pas Sophie de me rejoindre.

« *Oui, Ludmilla est ici* », réponse de Hassam à mon SMS. Je me demande où va me mener la piste Ludmilla. Je range mon portable dans la poche révolver de ma doudoune.

Malgré le froid et la neige, il y a quelques passants, emmitouflés sous leurs couches de vêtements, qui arpentent la rue. Certains transportent des paquets en préparation de Noël, fête commerciale que je hais au plus haut point. Je l'apprécierai, le jour où, tout le monde sera logé à la même enseigne, le jour où, la misère n'existera plus. En conclusion, je doute que je puisse l'apprécier un jour.

Noël et ses lumières, Noël et ses joujoux par milliers, Noël et ses gueuletons indécents, encore faut-il avoir assez de thunes pour pouvoir charger la table de divers mets... quand on voit le prix des aliments aujourd'hui, beaucoup vont juste pouvoir s'offrir une boîte de raviolis. Quel spectacle affligeant ! Quand certains se gavent, d'autres crèvent la dalle et meurent de froid.

Les poubelles sont cadenassées, on ne sait jamais, elles pourraient remplacer la soupe populaire ; les bancs sont transformés en siège une place, et pour les autres, on y soude un gros morceau de fer, pour éviter à quiconque de s'allonger pour piquer un somme ; des plots sont plantés devant les rebords des fenêtres des banques ou des vitrines, pour éviter de squatter le petit muret, fermeture des métros et des églises, descente de flics dans les squats... les plus précaires se font virer de leur abris temporaire... Ainsi va la vie...

Y a deux meufs qui marchent côte à côte, l'une d'entre elles ne cesse de jeter des coups d'œil furtifs quand elles passent devant les vitrines par plaisir de s'y mirer et vérifier que rien ne dépasse. Ah ! la superficialité !

Ces personnes-là, je les connais, enfermées dans leur prison dorée, étouffées par la surconsommation, par les distractions, elles en oublient parfois leur propre nom.

Avoir un compte en banque bien fourni, se branler sur le montant élevé inscrit au crédit, c'est bien plus bandant que d'avoir une tête bien remplie.

Regarde-moi ça, comme elles se pavanent, le torse bien droit, comme si elles avaient un bâton planté dans le séant.

Avoir la classe, coûte que coûte, même si cela frôle le ridicule sur bien des aspects si vous voulez mon avis. Je préfère le charme des choses qui ont vécu, qui ont une histoire, c'est là que j'y accorde une valeur.

Les radasses ont des exigences bien moins louables ; bel appartement bien décoré ; jolie voiture ; jolies parures. Aucune humilité, toujours un truc négatif à redire même quand elles reviennent de Megève, car faudrait pas exposer son bonheur aux avaleurs de cafard ; « Alors c'était bien ? », qu'on leur demande dès qu'elles rentrent de trois semaines de congés… « C'était super cher, mais on s'est bien marrés quand même ». Comme si elles avaient besoin d'exposer leurs thunes aux yeux de ceux qui n'ont rien… Du faux, du superficiel à outrance, mais z'ont une bonne situation, ce qui leur permet de surplomber le monde.

J'ai l'air hargneuse car je pense à mes potes qui se pèlent dans leurs abris de fortune, pendant que d'autres partent dans les îles se farcir de caviar, avant d'aller nager avec les dauphins. Ils savent bien, mes compagnons de galère, que ce qui a le plus de valeur dans la vie ne coute rien.

CHAPITRE 19
SOPHIE

Un groupe de vieux d'une quarantaine d'années vient d'entrer à la Sainte-Scolasse. Deux femmes, trois hommes. Ils rient fort, ils parlent fort, ils sentent fort le parfum de grandes marques, du genre à afficher une pastille rouge sur YUKA, ça me fait éternuer. « À vos souhaits jolie jeune fille », me sort un vieux-beau. Il s'attend à ce que je le remercie ? Qu'il aille se faire cuire le cul.

Au-dessus de la porte d'entrée, la petite clochette tinte de nouveau. Je me tourne... une belle blonde, grande et fine, entre en frottant l'un contre l'autre ses deux gants en simili. Je reconnais l'une des filles de la vidéo. Je ne moufte pas, j'attends. Tout arrive à point.

Elle se dirige vers le comptoir. Deux hommes la reluquent, bave aux lèvres, souffle court, on pourrait presque deviner leurs petites bites raidies dans leur boxer de métrosexuels... La fille, sans se soucier des deux matous, s'adresse à Juliette qui me montre du doigt. Elle hoche la tête, quitte le comptoir et marche vers moi, telle une naïade, en quittant ses gants, délicatement. « Bonjour, vous êtes Gabriella ? »

— Et toi ? Sophie ? C'est ça ? On va se tutoyer ça sera plus sympa.

Elle tire la chaise et s'assoit... elle pince ses lèvres, jette un coup d'œil furtif autour d'elle. Elle croise ses jambes fines de gazelle.

— Comme je t'ai dit au téléphone ce matin, si

j'apporte mon témoignage, je voudrais que tu me garantisses que tu ne citeras ni mon nom ni mon prénom.

Juliette s'approche de nous, elle nous demande ce qu'on veut boire. J'ai bien besoin d'un petit remontant, je commande un Singani, pur, cette fois. Devant l'air interrogateur de Sophie, je lui dis, « C'est la liqueur nationale de mon pays ».

— Tu viens d'où ?

— De Bolivie...

— Oh la Bolivie, il paraît que c'est joli, j'ai vu un reportage sur Arte la semaine dernière... sur la femme qui s'est battue contre l'empire colonial.

— Bartolina Sisa...

— Oui, voilà, c'est ça... Bartolina Sisa... Ça me dit bien de goûter à cet alcool, ça ne pourra que me faire du bien.

— Ça réchaufferait un mort, je réponds.

Elle me sourit, et Juliette va nous chercher deux verres de Singani.

— Bien, entrons donc dans le vif du sujet. J'ai bossé au Billy B en 2020, deux semaines, c'était en juin, je m'en rappelle comme si c'était hier.

Dans la vidéo, Marine lui tendait un billet de cinquante euros.

Juliette revient avec nos breuvages. Sophie garde le silence, tourne son regard vers la patronne, la remercie... elle attend que Ju atteigne de nouveau son comptoir. Elle plonge ses lèvres dans l'alcool fort. Elle grimace, secoue la tête, « whouaou, ça a du retour ! ». Bonne référence ! Elle essaie de détendre l'atmosphère. J'opine fièrement du chef... Elle reprend :

« Je pourrais dire que je n'ai rien vu venir, mais ça serait faux, j'ai senti que cet homme était louche dès le premier entretien d'embauche. Mais j'avais mes factures à payer et mon petit à nourrir, alors j'étais prête à tout, enfin... le pensais-je. Il m'a violée dans son bureau, une fois, la fois de trop. Je ne vais pas mâcher mes mots. Il m'a laché un petit billet pour acheter mon silence, mon corps valait peu à ses yeux. Lorsque je suis rentrée chez moi, j'ai renvoyé la nourrice chez elle, et lui ai dit que je n'aurai plus besoin de ses services, car je venais de perdre mon boulot. Je ne suis pas retournée au Billy Burger. Quelques jours plus tard, j'ai reçu une lettre recommandée mentionnant que j'avais quitté mon poste et que j'étais virée sans indemnités et sans paiement de mes deux semaines de travail. »

— Mais légalement, il n'avait pas le droit de faire ça... tu aurais pu engager une procédure aux prud'hommes.

— Je sais, mais j'ai accepté afin d'avoir la paix. J'ai porté plainte pour viol, car on m'avait poussé à le faire, mais les flics m'ont bien fait comprendre que ça ne mènerait à rien. L'un d'entre eux a même insinué que je l'avais un peu cherché et qu'on ne mord pas la main qui nous nourrit. Je suis restée surprise, je ne savais plus quoi dire, alors je suis partie, une main devant, une main derrière... voilà... Nicolas Marine m'a traitée comme une traînée de bas étage et je n'ai eu aucun recours contre lui. Mais le pire était à venir, il s'est permis l'innommable en toute impunité. Je ne sais pas si tu le sais, mais avec moi, il y avait une gamine en stage depuis plusieurs mois. Elle avait seize ans à l'époque. Il paraît qu'elle est tombée en dépression. Marine a abusé d'elle et… elle est tombée enceinte… C'est tout ce que je sais.

— Et cette fille, elle a gardé le bébé ? Elle s'est fait avorter ? Tu penses qu'elle accepterait de me rencontrer ?

— Je ne l'ai plus revue. Je crois qu'elle a quitté Paris. Je ne sais pas si tu connais Carine, la dernière serveuse du Burger… elle, elle connaissait cette famille. Moi, je n'en sais malheureusement pas plus…

Carine ne m'a pas parlé de ça, de l'arme non plus, c'est louche… tout semble l'accuser à ce stade… Je note sur mon carnet pour ne pas oublier de l'interroger sur cette stagiaire.

D'un point de vue professionnel, je jubile, je trépigne, j'suis excitée comme un lapin sous MDMA. Mais, sur le plan perso, je crains vraiment que Carine ne soit allée trop loin et, qui sait, peut être même que Mathias est déjà à sa recherche…

Je résume, le boss viole ses salariées, une des salariées trouve son arme, il met une stagiaire enceinte… mais après ?… Voilà un début de synopsis parfait pour une série spécieuse, diffusée sur les plateformes de streaming payant. Je me demande ce qu'en pensera Le Poulpe.

Sophie soupire. Elle pose et croise ses mains sur la table. « Ce qui me fait le plus de mal dans cette histoire, c'est que… c'est que… » Ses yeux transpirent et de grosses larmes coulent silencieusement sur son visage. Elle reprend presque en chuchotant : « ... c'est que je n'ai rien pu faire pour cette pauv' gosse, je savais, et je n'ai rien dit... je m'en veux, c'est pour ça que j'ai décidé de te parler, même si Marine ne fera plus de mal à personne où il est, d'autres le remplaceront... »

Sophie ne termine pas son verre de Singani. Elle me dit : « Je suis désolée, je dois y aller, on m'attend... Bonne chance pour ton article... »

CHAPITRE 20
OH ! GARÇON

Je prends un bon bain, je relâche mes tensions nerveuses, du moins, j'essaie. Toute cette histoire tourne en boucle dans ma tête : Marine, Carine et l'arme, les filles abusées, la gamine enceinte, l'Ukrainienne de la Colline du crack, que je n'ai pas encore rencontrée. Je sens que je tiens un bon sujet, tout aussi bon que celui sur l'instrumentalisation de la presse mainstream et de nos politiques.

D'ailleurs, le dernier article a occasionné la suppression de mes comptes YouTube et Facebook. La vérité n'est pas bonne à dire, on ne sait jamais, ça pourrait ouvrir les yeux aux miros. Pilule rouge vs pilule bleue. Extermination de la liberté d'expression, « coûte que coûte »...

Mais ce qu'ils n'ont pas compris, les Puissants, c'est que, plus on me mettra des bâtons dans les roues, plus je me battrai.

Libre aux gens de croire ou ne pas croire ce que

je raconte... chaque article que je rédige est méticuleusement renseigné et documenté. C'est ça qui fait peur, si je racontais des conneries, on ne me censurerait pas.

L'eau du bain refroidit trop vite. Je me pèle. Avant de sortir de la baignoire, frissonnante, je me donne un coup de rasoir sur les guiboles. Je me coupe au niveau du tibia... je vais avoir les jambes dans un drôle d'état... mon rasoir ne rase plus, vais-je opter pour un style naturel ? Version pilosité des année 70 entre les cuisses ? *Vénus à la fourrure*, c'est poétique. Au diable les détracteurs des poils *puent-bien*, avec une bonne hygiène, ils ne sentent rien. L'hiver, ils tiennent chaud... Bref, je ne vais pas épiloguer sur mon minou, on s'en « branle ».

Je pique à Lili son maquillage de poupée, crème et fards divers hors de mon budget...

J'attache ma longue chevelure dans un chignon coiffé-décoiffé.

Je donne un coup de « fée-bèze » sous les aisselles de la robe que Lili m'a offerte, j'enfile des bas, pas de collants, bien évidemment, les talons hauts à la semelle rouge à plus de 700 boules, la fourrure, et c'est parti mon kiki.

***

Le tacot m'attend devant la maison. Je ressemblerais presque à une star de cinéma. « Rue de Belleville », je lance au chauffeur sur un ton froid. Mettre de la distance avec le conducteur, permet d'avoir la paix tout le long du trajet. Je remarque les coups d'œil pas du tout discrets qu'il lance en loucedé, dans le rétro de sa Toyota, voiture préférée des VTC.

***

Mathias ouvre la porte de son appartement, ses cheveux sont encore mouillés, histoire de me faire comprendre qu'il y a encore cinq minutes, il était tout nu sous la douche.

J'ai toujours trouvé son appart petit mais joli. Parquet au sol, petit salon avec petit tapis, contre le pan du mur du fond, des étagères remplies de vinyles, *les disques pas les tenues érotiques portées par quelques amateurs du chic and choc.*

Mathias est un grand passionné de blues et de jazz, toujours mieux que ces chansons modernes qui passent en boucle à la radio. À croire que les chanteurs n'ont plus rien à raconter de nos jours... « Tu es magnifique », me lance Mathias, en m'invitant à m'assoir sur son canapé Bubble de la Roche Bobois. En ce moment, j'suis adepte des placements de produits, certainement parce que je reçois, plusieurs fois par jour, des propositions de parrainage à la con. Il est beau le canap', tu verrais ça, un truc tout molletonné qui donne envie de pioncer.

Ce n'est pas que la BRI paye bien, c'est juste que Mathias aime, et je cite : « les jolies choses ». Après tout, il est célibataire, pourquoi se priverait-il ?

« Merci, c'est gentil, dis donc, ça sent drôlement bon... tu as eu le temps de cuisiner ? » Je demande. Il sourit et me tourne le dos, sans répondre à ma question.

Il revient avec une bouteille de bulles et deux coupes. Je suis une alcoolique mondaine, M'sieurs Dames, et alors ?

Mathias repart en direction de sa kitchenette, et revient avec un plateau de mignardises ; feuilletés saucisses, bâtonnets panés, mises en bouche festives et tout le tralala… les citadins sont adeptes de Picard, paraît qu'ils n'ont ni le temps, ni l'espace nécessaire pour se mijoter de bons petits plats… Il me regarde, me sourit et me dit : « Je suis tellement content de te voir ». Il le sait bien, le bougre, qu'on va finir en position horizontale. « Moi aussi, ça me fait plaisir. Alors ? Quoi de nouveau ? », je lance, l'air de rien, en chopant la coupe qu'il me tend.

— Tout baigne, relax Max…

— Et le taf ?

— T'attaques directement sur le boulot, c'est ça ? Il me demande.

— Autant en profiter maintenant, pendant que nous sommes encore en possession de toutes nos capacités mentales.

Il sourit… « Tu t'intéresses à l'affaire Marine ? Fais gaffe cette fois Gabriella, faut pas que tu fourres ton joli nez n'importe où, je ne voudrais pas qu'il t'arrive des problèmes. »

— J'ai l'habitude, mais pourquoi ce cas particulièrement ? Je demande en minaudant, bien évidemment.

— Marine trempait dans des affaires louches, très louches, et en ce qui concerne son décès, on tient plusieurs pistes… on a mis sous surveillance un certain Lomagne… Lors d'une perquisition, on a retrouvé un sac rempli de biftons qui venait tout droit de chez Marine...

— Ce n'est pas le meurtre qui m'intéresse, ça c'est votre affaire, ce qui m'pique, c'est de savoir si des femmes ont porté plainte contre lui pour viol.

— Gabriella, Gabriella, tout le monde savait que Marine ne respectait pas les femmes, oui, certaines ont porté plainte, mais on a clairement demandé aux flics de rejeter toutes les doléances, afin de ne pas attirer l'attention sur lui. On le piste depuis des mois, il n'y a pas que le trafic de drogue, Gabriella...

— J'imagine bien... Donc les plaintes des femmes n'ont pas été retenues ?

— Oui, exactement... sinon, il aurait été inculpé, et ça n'arrangeait pas la hiérarchie, on allait le pincer.

— Pincer ? Pour quel motif ?

— Je ne peux pas t'en dire plus pour l'instant...

— J'ai entendu parler de la bande de H... c'est qui ce H ?

— Un mafieux, mais pour l'instant, je ne préfère ne pas m'étaler sur le sujet...

— En fait tu ne sais pas qui c'est...

— C'est flou... On a quelques pistes, mais rien de sûr à l'heure actuelle... bon si on parlait d'autres choses, j'espère que tu ne t'es pas pointée uniquement pour me tirer les vers du nez ?

— Mathias, allons, je lui susurre, en posant la coupe sur la petite table basse.

Je me redresse, et bascule mon corps sur le sien. Me voilà à califourchon sur le bonhomme, entre mes cuisses, je sens « sa grosse envie » se développer de plus en plus. Il pose ses mains tremblantes sur mes hanches, sa timidité me touche. Mathias fait partie des « hommes 2.0 », la new génération, de ceux qui prennent leur pied à donner du plaisir plus qu'à en prendre. Il est attentif au moindre de mes frissons, au moindre de mes soupirs, à la moindre de mes envies. Je m'approche et lui chope la bouche. Ma langue effleure doucement la sienne, avant de la suçoter habilement et sensuellement. Il adore lorsque j'aspire son organe charnu, ça lui donne un avant-goût de ce que je pourrai suçoter par la suite.

« J'ai terriblement envie de toi », il me chuchote, comme si j'avais besoin d'une confirmation orale...

Le sexe, comme l'alcool, délie les langues. Un orgasme, et hop là, tous les secrets sont dévoilés. L'ocytocine joue un rôle primordial dans les confidences sur oreiller. Avant notre partie de jambes en l'air, obnubilé par le désir, Mathias n'avait pas la tête aux confidences, il ne m'aurait rien dévoilé des secrets sur l'affaire Marine. Cependant, après avoir dégorgé le poireau, il en est tout autre. Une jouissance et le corps se détend, le cerveau avec... j'ai préféré décrire le rôle des hormones et ses effets sur le dévoilement des secrets, plutôt que de m'attarder sur notre relation intime.

« Qu'est-ce qui se tramait au Billy Burger ? » Je lance, la tête posée sur son torse poilu, en faisant danser quelques poils, entre mon pouce et mon index. Mathias, le haut du dos calé contre la tête de

lit, fume une cigarette, « *décontracté du gland* ». Il aspire une bouffée de nicotine, l'expire calmement et me sort, tout en me caressant les cheveux : « Au début, on pensait qu'il s'agissait juste d'un trafic de stupéfiants et basta. Une filature, une mise sous surveillance, on patiente trois quatre jours et on le chope la main dans le sac... puis, on s'est rendu compte qu'il y avait autre chose, plus important, plus grave que la dope... il ne bosse pas seul, évidemment, mais impossible de mettre la main sur la tête pensante du réseau. Il nous aurait fallu plus de temps pour le pincer, mais il est mort... »
— C'est quoi ce truc pire que le trafic de drogue ?
— Gabriella, je n'ai pas envie, ce soir, de parler de ça... je t'assure, ce n'est pas le bon moment... dans quelques heures, j'attaque le boulot, et je suis vraiment épuisé...

Il ne faut jamais s'énerver, et encore moins paraître pressé de connaître les vérités. Tout arrive à point à qui sait attendre. Et pour dire vrai, moi aussi, je suis fatiguée. Je suis sereine, il n'a pas l'air d'être sur la piste de l'arme du crime, enfin, pour le moment.

On s'est endormi tous les deux, cette nuit-là, sans parvenir à jouir une seconde fois.

CHAPITRE 21
CARINE-2 LE RETOUR

Je suis impatiente de revoir Carine. Au téléphone, je lui ai juste dit que j'avais besoin de plus de renseignements sur Marine, sans évoquer les sujets qui fâchent…

J'ai accepté que Gabriel m'accompagne, comme la première fois. De toute façon, ça m'arrange.

On se pointe sur les coups de dix-sept heures dans le quartier St Marthe. Gabriel a trouvé une gâche quasi en face du squat. Inquiet, il fume clope sur clope. Je m'apprête à sortir de la tire, quand il me chope par le bras. « Je t'attends ici, tu m'envoies un SMS toutes les dix minutes ».

– Tu déconnes ? Qu'est-ce tu veux que j'écrive toutes les dix minutes ?

– OK… alors envoie « SOS » quand t'as besoin… et je rapplique…

***

Je pénètre dans le bâtiment occupé illégalement. Je croise quelques locataires, je continue ma route. Cette fois, je prends le temps d'observer les lieux, c'est précaire, insalubre mais désencombré, de là à dire que c'est propre… il doit y avoir une bonne organisation dans ce microcosme. Pas de bagarres, pas de coups de sang… Dans ce bâtiment, comme dans la société, mieux vaut avoir quelques règles de base à respecter. Il n'y a pas de chef, y a juste des « guides », chaque habitant est libre de circuler, de penser, de parler, et de se casser quand il le désire.

Je jette un œil aux fresques murales, y a du talent gâché dans notre société. À croire qu'il faut être fils ou fille de, pour pouvoir percer.

* * *

Pas besoin de toquer à la porte, la piaule de Carine est ouverte. Y a une femme installée sur la chaise bancale, la trombine entre les deux mains, en train de chialer. Carine, la main posée sur son épaule, essaie de la rassurer en lui répétant : « ça va aller, ça va aller ». Quand on a de la merde jusqu'au cou, mieux vaut s'battre à fond pour ne pas s'y noyer.

« Bonjour Gabriela, je te présente Olivia, elle est arrivée ce matin... » Je salue Olivia d'un mouvement de tête, j'espère qu'elle ne va pas traîner la gonzesse, j'suis pas venue ici pour essuyer les pleurs d'une malheureuse supplémentaire. Je reste debout, je patiente... quoi faire d'autre ?

Olivia doit avoir dans les trente balais, ex-blonde décolorée vu la taille de ses racines. Elle ne doit pas peser lourd, elle nage dans ses fringues. Elle porte un pantalon en velours rapiécé et une blouse blanche maculée de taches, qui ressemble à la tablette de peinture de Claude Monet.

Ses joues sont creusées, elle a de larges et magnifiques cernes violets sous les yeux. Entre deux sanglots, elle me narre rapidement son histoire. Je me dis qu'il faudrait, un jour, que je me penche sur la crise du logement en France.

« Moi, je croyais qu'à Paris je pourrais percer en tant que plasticienne, je pouvais à peine vivoter avec les aides sociales. Je squattais à St Ouen dans l'appartement d'une copine, petite piaule tranquille, appartement avec un jardinet… ça a duré six mois… Elle ne m'avait pas dit qu'elle avait des loyers et factures impayés. Ce matin, les flics et un huissier sont venus toquer. Bien sûr qu'ils l'avaient prévenue, mais elle ne m'a rien dit. Y a toutes mes affaires là-bas, je peux pas les récupérer, ils ont scellé la porte ces enfoirés. J'savais pas où aller, plus de news de ma "pote"… Le gouvernement se fout qu'il fasse froid dehors, le proprio a voulu récupérer son affaire, c'est tout ce qui compte. La loi est du côté des plus riches, et les pauv' n'ont plus qu'à crever la bouche ouverte. J'sais bien que certains parviennent à rester dans leur logement pendant la trêve hivernale, pour ma "copine", il n'en est rien. Prends tes baluchons Olivia et casse-toi… c'est "analmissible" qu'on fasse ça aux gens… c'est allé tellement vite, tellement… j'suis à la rue maintenant et qu'est-ce je vais devenir ? Et combien de temps je vais pouvoir rester ici ? »

– Tu resteras le temps qu'il faudra, dit Carine d'une voix paisible…

– Penses-tu, demain, on peut se retrouver à dormir sur le trottoir, suffit d'une descente de flics et basta…

Je reste là, à écouter une histoire que j'ai entendue des milliers de fois. Olivia pleure encore, qu'elle en profite, car, dans peu de temps, son canal lacrymal sera bouché. Et il n'y a rien de plus douloureux que de ne plus pouvoir évacuer sa douleur… « Tu veux boire quelque chose ? » lui demande Carine.

— Non, merci, tu en as bien assez fait pour moi… il est temps que je prenne possession de la pièce qu'on m'a gentiment proposée… je n'ai plus rien à moi… plus rien…

Elle se lève, me salue vite fait, et disparaît… On l'entend geindre et renifler. Elle se remettra ou elle se foutra en l'air, il n'y a pas trente-six mille solutions.

« Et toi ? Tu veux boire quelque chose ? Cette fois, j'ai acheté des bières »… elle me dit en souriant. J'accepte, bien évidemment. Je m'assois sur son lit de fortune… « Carine, tu connaissais la petite stagiaire du Billy Burger ? » je demande en posant mes lèvres sur le goulot.

— Euh… oui un peu, pourquoi ?

— J'ai discuté avec une autre salariée de Marine qui a été également abusée… elle m'a dit, qu'à l'époque, elle bossait avec une petite jeune et que Marine l'avait mise enceinte… Mais elle ne connaissait pas assez la gamine pour me raconter ce qui lui était arrivé…

— La gosse vient d'une famille d'indigents ; le père est alcoolo maladif. Seule la mère subvient aux besoins de sa famille. Elle fait des ménages, et elle est même obligée de se prostituer de temps en temps. C'est le père qui trouve les clients. Tu imagines dans quel contexte familial elle vivait ? Le proxénète alimentaire était, en plus, extrêmement violent, mais seulement avec sa fille et sa femme. Il ne tapait plus son fils, car il était arrivé à un âge, où il pouvait facilement se défendre... Du coup, il l'avait foutu à la porte. Le frère n'a pas eu d'autre choix que de partir, laissant, entre les mains du bourreau, sa sœur et sa mère. Il s'en veut, je le sais, car, lui aussi, je le connais. Marine s'est pointé avec sa grosse liasse de billets, il n'a pas eu besoin de trop discuter, le père a empoché la thune et a dit à sa gamine de le suivre.

— ... Il l'a emmenée où ?

— Au Billy... y a un sous-sol aménagé, il voulait l'héberger le temps de sa grossesse... mais son frère est passé avec deux de ses potes et ils ont pu récupérer la gosse. J'en sais pas plus, à part qu'ils sont partis s'installer à Lille, enfin, je crois. Je le répète, j'n'en sais pas plus... je ne les ai jamais revus... je ne sais pas... je te jure, je ne sais pas...

Elle tourne en rond dans sa petite piaule. Elle passe sa main dans ses cheveux, elle paraît stressée, anxieuse. Elle regarde par la fenêtre, elle répète, « J'en sais pas plus... je n'en sais pas plus ». Mon téléphone vibre, message du Poulpe, alias, le patient, « Ça va ? Pas de bastos en vue ? » Je réponds qu'il se fait faim et que je vais avoir besoin de lui pour cuisiner la Carine.

Je me lève, je la rejoins, je pose ma main sur son épaule. « J'ai un peu la dalle, pas toi ? » Elle se tourne vers moi, surprise... « Allez, viens, je t'invite, ou du moins mon père nous invite, je dois bouffer avec lui, il m'attend juste devant », je lui dis.

— Quoi ? Ton père ? Mais...

— … T'inquiète, il est vraiment cool… et il connaît l'avancée de mes recherches. C'est pas le genre à juger si tu vois ce que je veux dire.

Carine est fragile, affaiblie, apeurée mais à l'air de me faire confiance. Le Poulpe saura quoi dire et quoi faire.

On quitte le squat. Je présente Carine à « Papa », qui lui décroche un sourire ultrabrite… « Je vous emmène dans un petit espagnol tranquille, bonne bouffe, pas trop fréquenté à cette heure-là… ». Nous v'là en route.

Durant le trajet, Carine est un peu renfermée sur elle-même. Je me tourne vers elle, « Il méritait de crever cet enfoiré », je lui lance… elle lève ses yeux fatigués vers moi, elle me sourit et hoche la tête silencieusement.

* * *

On entre dans le resto, Gabriel salue serveurs et patron, on s'installe à une table du fond. Le serveur, un peu bourru, prend notre commande. « Une paella pour trois », ordonne Le Poulpe sans nous demander notre avis, mais il faut dire qu'il n'a pu décider de rien jusqu'à présent, alors je lui pardonne.

— Je suis désolée, je n'aurais pas dû accepter. Je ne suis pas une fille bien, chuchote Carine en faisant mine de se lever.

— Oh là, la môme, reste avec nous, dit Le Poulpe en la rattrapant par le bras.

— Oui, reste et raconte-nous ce qui te pèse, si cela peut aider, je dois te dire que nous sommes au courant que tu as piqué l'arme de Marine, je bluffe telle une anguille.

Elle allait pour rétorquer, je l'ai bien vu, mais sa bouche est restée ouverte, sans qu'aucun mot ne sorte.

Le serveur pose le gros plat de paëlla pour trois au milieu de la table. Carine ne bouge pas, les yeux dans le vide. Le Poulpe se sert une bonne plâtrée après avoir bien compté les crevettes et morceaux de poulets à diviser en trois.

Puis, timidement, Carine sort de sa stupeur et se met à table : « Je sais qui a tué Marine... »

C'est à mon tour de rester sans voix, la moule à deux centimètres de mes lèvres. « Je sais qui l'a tué, car c'est moi qui lui ai donné l'arme... J'ai peur de me faire pincer pour complicité de meurtre, mais je n'avais pas le choix. Sous pression, j'ai obéi... juste obéi, sans prendre réellement conscience que ce que je faisais pouvait avoir de graves répercussions... J'ai peur Gabriella, j'ai peur, mais je n'avais pas le choix, je vous jure, je n'avais pas le choix. »

Elle nous raconte qu'elle était en couple avec Benoit Hugola ; le frère de la stagiaire. Elle le fréquentait depuis deux ans, une relation mortifère faite de hauts et de bas. Elle était complètement sous son emprise. Elle lui avait dit qu'elle avait trouvé une arme chez Marine. Benoit lui a demandé de la voler. Elle a obéi par peur de le perdre. Elle me raconte le chantage. « Si tu ne fais pas ce que je te dis, je te quitte ». Trop faible pour pouvoir lutter, elle est allée dans la chambre, sous le lit, elle a pris la mallette, elle a réussi à trouver le code dans un petit répertoire que Marine cachait dans son bureau. C'est la scène de la vidéo. Carine laisse couler sa douleur... elle tremble, elle a peur. « Carine, merci pour ta confiance, une dernière chose, as-tu la certitude que c'est bien lui qui l'a tué ? »

— À vrai dire, non, je n'ai plus eu de nouvelles après lui avoir confié l'arme mais ça ne peut être que lui, non ?

— Pas forcément, et si ce n'était pas lui, il risque de te chercher pour se venger. En attendant, on va tout faire pour assurer ta protection, je te fais la promesse qu'il ne t'arrivera rien.

Je me tourne vers Le Poulpe qui enfourne sa énième cuillère de riz safrané. « Sa sœur se fait violer, lui, en frère protecteur, cherche à se venger du crime... Il élabore un plan lorsqu'il apprend que sa petite copine travaille pour Marine... » Le Poulpe ne bronche pas, il dévore encore... d'un coup, je me tourne vers Carine, un petit truc me turlupine... « Ton mec n'a rien dit lorsqu'il a appris que tu travaillais pour Marine ? »

— Je n'ai pas trouvé d'annonce dans le journal, j'ai menti... c'est lui qui m'a parlé de Marine, il avait besoin d'infos supplémentaires... puis, moi, j'avais besoin de thunes, alors, voilà...

— Mmm, lancé-je, perplexe... bon pour résumer, Benoit Hugola, frère de la stagiaire, élabore un plan pour venger sa frangine, tout colle, n'est-ce pas, papa ?

Le Poulpe, impassible, termine sa deuxième assiette, s'essuie le coin des lèvres, jette la serviette sur la table et s'exclame : « Pas de conclusions hâtives, ma fille... J'pense qu'on a raté un truc. Mais quoi ?»

CHAPITRE 22
LUDMILLA

Ce matin, Le Poulpe est parti à Conas, dans l'Hérault. Il a rejoint des copains pour « taquiner de la boule », comme il dit. Je l'appellerai après avoir rencontré Ludmilla à la Colline du Crack, peut-être vais-je en apprendre encore un peu plus sur cette histoire.

Avant de partir, je consulte mes mails... Pas de grandes nouveautés *today*, à part trois nouvelles demandes de sponsorisation, et ce message :

« *À la suite de votre demande d'informations concernant l'affaire de Monsieur Marine, nous vous conseillons d'arrêter immédiatement vos "investigations". Dans le cas contraire, nous serons dans l'obligation de "trois points de suspension"* ». Impossible de répondre à ce mail. Quel courage, je ne sais même pas qui est ce fameux « nous ».

Y a des gens assez stupides pour penser qu'un simple message pourrait me stopper. Ça m'agace, et nourrit une grosse envie de donner des *coups de tête balayette*. Une chose est certaine, ça ne m'arrêtera pas. Je me sers de ma rage, de ma colère. Ces émotions me permettent de me transcender dans la rédaction de mes papiers.

***

Dix centimètres de neige ont recouvert la capitale, c'est le bordel dans les rues. Les voitures glissent sur le sol gelé, occasionnant bon nombre d'accidents et de bouchons.

J'ai failli me rétamer en glissant sur une plaque de verglas. Je me suis rattrapée en me suspendant au bras d'une vieille qui m'a gueulé dessus. Comme si j'avais fait exprès de la bousculer.

Les routes sont gadouilleuses et les Parisiens se sont rués dans les magasins, pour acheter Mount boots, moufles, cagoules, et doudounes chaudes.

Deux flocons et les v'là perdus. C'est tellement exceptionnel que même les chaînes d'actualités se relayent pour diffuser l'information.

Vivement l'été et le retour des saucisses Knacki en bord de plage.

Métro 5 - 4 - 12, si c'étaient les trois numéros gagnants du loto, j'aurais pu empocher dans les trente euros.

Je rejoins Hassam à la colline. Je ne me sens pas en insécurité, ils me connaissent quasi tous. J'en ai rétamé deux trois un soir, à coup de schlass... depuis, j'ai la paix.

Hassam est droit comme un piquet, le dos calé contre un arbre. Depuis quelque temps, il a « ouvert » une petite épicerie avec ce que je lui apporte ; huile d'olive, boîtes de conserve, sucre, pâtes etc. Ça permet à quelques-uns de manger, même si l'appétit n'est pas au rendez-vous, crack oblige.

Hassam m'amène à son abri de fortune dans lequel il héberge, depuis hier, Ludmilla.

Je lui tends discrétos un billet de 50 boules, en paiement de ses renseignements, rien n'est gratuit de nos jours, potes ou pas potes. « Les flics ont encore fait une descente, certains squatteurs sont partis dans la plaine… mais j'ai mis au chaud Ludmilla, elle est HS, je ne sais pas si tu vas pouvoir lui parler… au fait, elle ne parle pas français… » Il soupire et reprend : « Le crack, c'est un putain de fléau, l'état n'a rien compris, faut pas les foutre en prison les gens, faut les aider… » Je sais tout ça, mais à mon petit niveau, je ne peux rien faire. On ne peut pas sauver la terre entière, même si on le désire ardemment.

On marche dans l'allée boueuse, effectivement, il y a moins de squatteurs mais pour combien de temps ? Quoi qu'il en soit, la majorité reviendra, et les autres trouveront un pont ou un parc pour se « poser ».

On passe devant trois gars, quasi la même dégaine : pantalons trop larges, manteaux trop grands, bonnet en laine, nez rouges, maigres comme des wapitis du Wyoming en automne. Ils se réchauffent comme ils peuvent, en tendant leurs mains gelées devant un feu qui sort d'un vieux tonneau en métal.

***

Hassam n'a jamais voulu se rendre dans les hébergements d'urgence que les associations lui proposent, chaque année, en période de grand-froid.

Ça fait plus de dix ans qu'il vit ici. Il ne peut pas partir, pour aller où ? Dans ces foyers d'accueil ? Pour qu'au bout de quelques jours on lui demande de partir et de tout recommencer à zéro ? De nouveau, se trouver un banc sans « entraves », un vieux sac de couchage, des cartons et tout et tout... Non, il est trop fatigué pour ça.

Il a fabriqué sa baraque avec cartons, toiles et taules. À l'intérieur, tout est récup, bien évidemment, il n'est pas du style à acheter des meubles chez IKEA ; un vieux canap', deux fauteuils, un vieux vélo rouillé, une petite table basse, bref, un brave merdier. Pour contrer le froid, il y a des tapis miteux au sol. La porte de fortune se ferme avec des plaques en contreplaqué.

Ludmilla est semi-allongée sur le vieux canapé. Elle est emmitouflée dans un duvet... Elle devait être jolie avant d'atterrir ici. La trentaine, peut-être plus, peut-être moins, cheveux bruns rassemblés dans une queue de cheval serrée, elle lève vers moi son regard bleu clair aux pupilles dilatées.

Nous échangeons dans la langue de Shakespeare, *on repassera pour le romantisme poétique, j'en conviens.*

Je sors de mon sac un thermos, rempli de café chaud. Je l'ai taxé aux filles avant de partir.

« T'as un caillou ? » me demande Ludmilla, la bouche sèche. Elle paraît fiévreuse. Je m'assois près d'elle, je hoche la tête de gauche à droite, et je lui dis : « Non, je suis désolée, je n'en ai pas. Je m'appelle Gabriella, je ne suis ni flic, ni journaliste, je viens de Bolivie, et j'écris des articles sur internet ». Elle ferme un peu les yeux et, d'une voix faible, me répond : « Je sais qui tu es, Hassam m'a parlé de toi... »

— ... Tu veux bien me raconter ton histoire ?

— Oui… je risque d'avoir un peu de mal à parler car je suis très fatiguée…

— Ludmilla, je vais enregistrer notre entretien, juste pour tout retranscrire le plus fidèlement possible, ça ne te dérange pas ?

— Non, je n'ai rien à cacher et je n'ai rien à perdre non plus… je n'attends plus rien de la vie…

Je lui verse un autre godet de café, histoire d'un peu la réchauffer. Hassam a la décence de sortir, sans même que je le demande. Ludmilla boit une gorgée, les doigts tremblants autour du mug. Elle regarde dans le fond de sa tasse, soupire et commence :

« Je suis Ukrainienne. J'ai tout quitté, mon travail, mon appartement, ma mère et mon pays, en avril 2022. J'étais directrice d'une grande chaîne de restaurants et je gagnais très bien ma vie. J'aurais aimé amener ma mère ici, c'est ma seule famille, mais elle ne voulait pas partir. Rien ne me retenait à Kiev. Je m'étais séparée de mon époux depuis deux ans. Bien trop occupée par mon travail, je n'ai pas voulu d'enfants. Je n'ai pas d'amis non plus… j'aimais plus mon job que les relations humaines… J'ai pris tout ce que je pouvais prendre, j'ai chargé ma voiture et je suis partie pour la Suisse. Plus de vingt-deux heures de périple pour fuir la guerre. J'ai été hébergée par Thomas, un homme célibataire d'une cinquantaine d'années… Thomas ne travaillait plus, il était relativement aisé, c'est ce qu'il m'a dit lorsque je suis arrivée. En même temps, il est rare de trouver des pauvres en Suisse. Thomas vit dans un grand chalet qu'il a hérité de ses parents, il y a trois ou quatre ans. Il vit seul, dans un deux-cents mètres carré. Quatre chambres, tout le temps vides, sauf quand sa sœur, son mari avec leurs enfants viennent lui rendre visite. Il se plaignait, tous les soirs, de sa solitude. Il a été gentil, du moins, au début. Il m'a bien accueillie, il a subvenu à mes besoins. Un soir, il m'a bien fait comprendre, que, si je voulais, je pourrais avoir plus... Pour ça, il fallait que j'accepte de coucher avec lui. J'ai refusé. Et au bout de quelques semaines, il m'a mise à la porte, en me disant que je n'avais plus rien à faire chez lui, que je n'avais pas besoin de lui, ni de son « hospitalité »... et il a même ajouté, énervé, que ma voiture était mieux que la sienne, que je devais avoir assez d'argent pour me trouver un logement. Il m'a dit que les Ukrainiens abusaient de la générosité des Suisses, comme si nous étions à l'initiative de cette guerre. Qu'aurait-il fait à ma place ?

J'ai posté des annonces pour trouver un nouveau logement, mais en Suisse, toutes les portes se sont fermées au fil du temps. C'est sur internet que j'ai fait la connaissance de Monsieur Marine. Un pur hasard. Il me proposait gîte et couverts, et une petite rémunération si je travaillais pour lui. Il m'a expliqué que je devais juste faire un peu de ménage, préparer les repas de midi, servir les clients dans son « restaurant », le Billy Burger. Quelle chance, je me suis dit, et j'ai atterri chez lui. Sa femme, au début, était gentille, elle aussi... et tout a vrillé. Marine m'a demandé de vendre de la cam, que grâce à mon « profil », je ne me ferai pas arrêter. Je n'avais pas le choix. J'avais vendu ma voiture pour avoir un peu d'argent de côté, mais Marine a trouvé mon pécule et me la confisqué. J'étais prise au piège.

— Tu es restée combien de temps ? Je lui demande.

— Un an...

— Un an ? Pourquoi n'es-tu pas partie avant ?

— Je ne pouvais pas... J'étais enceinte... de Marine...

Elle arrête de parler quelques secondes. Elle ne pleure pas. Elle pince ses lèvres et ses joues rosissent, pas de colère, ni de douleur, que du chagrin. Marine, le père du gosse ? Encore un... Ludmilla, le regard froid, continue son histoire :

— Marine me violait plusieurs fois par semaine. Il m'appelait « sa princesse Ukrainienne », il me disait que, grâce à lui, j'avais un toit et de quoi me nourrir, que je n'avais pas à me plaindre. Il m'a séquestrée le temps de ma grossesse, dans une pièce au sous-sol du Billy Burger. J'étais effrayée, je craignais de mourir, j'avais peur de souffrir. Ce ventre qui chaque jour grossissait, me dégoûtait. Ça n'empêchait pas Marine de me rejoindre au sous-sol trois fois par semaine. C'est une femme qui m'apportait à manger tous les jours. Elle ne parlait pas anglais. Quand j'essayais de lui demander de l'aide, elle baissait la tête et répétait « Je ne peux pas, je ne peux pas ». Elle était tout aussi effrayée que moi. Elle était enceinte également. Je n'ai pas accouché à l'hôpital, c'est un homme que je ne connaissais pas qui est venu mettre au monde le bébé. T'es sûre ? T'as vraiment pas un tout petit caillou ? »

— Non, je suis vraiment désolée... en revanche, je peux te proposer un substitut, pour t'aider à ne plus prendre cette merde de crack, je lui dis en sortant de ma poche une boîte de Subu.

C'est grâce à Lili et un de ses amis médecin, que j'ai pu obtenir une ordonnance pour le Subutex... je savais que ça me servirait en venant ici...

— Pourquoi arrêter ? Elle me demande en prenant la boîte...

— Parce que cette merde va te tuer, je lui réponds.

— Mais j'ai envie de crever. Tous les matins, lorsque j'ouvre les yeux, c'est un nouveau calvaire, je suis à bout, tu comprends ? À bout !

Ludmilla peine à lever le bras pour porter le comprimé à sa bouche.

Je sais ce que c'est que d'être à bout, d'être trop fatiguée pour avancer, de ne pas savoir si on aura la force de se relever... oui, je sais ce que c'est que de souffrir chaque matin, en ouvrant les yeux sur un nouveau jour qui apportera son lot de douleur, oui je sais ce que c'est... par contre, je ne connais pas le renoncement, rien n'est plus important pour moi que d'honorer chaque jour ma résilience, me relever après chaque coup, toujours plus forte... prête à tout pour affronter cette putain d'existence.

Ludmilla doit retrouver en elle, la force et l'envie de vivre. Je ne sais pas pourquoi, tout à coup, je me sens si proche de cette femme... Ludmilla poursuit... « Une fois que l'homme a mis au monde l'enfant, il me l'a tout de suite enlevé... Je ne sais pas ce qu'il est devenu, et ça va te paraître dur, mais je m'en fous... Cet enfant, c'est l'enfant de la honte. Tout ce que je sais, c'est que le bébé serait placé dans une famille riche en Suisse. J'avais réussi à surprendre une conversation entre Marine et un de ses sbires, j'étais défoncée mais j'entendais tout... Il n'y a pas que le trafic de dope chez les Marine, y a également du trafic d'enfants... Voilà, je crois que je viens de faire le tour. Je peux garder la boîte de médicaments ? Je n'ai plus d'argent pour me payer des cailloux, et je suis trop épuisée pour faire des passes. En plus, j'ai des problèmes de santé depuis que j'ai accouché... »

— Ludmilla, tu veux venir avec moi ? J'ai une amie médecin qui pourrait t'aider.

Ludmilla lève vers moi un regard rempli de reconnaissance. Je ne peux malheureusement pas faire plus pour elle aujourd'hui.

Je remercie Hassam, et bras dessus, bras dessous avec Ludmilla, nous quittons le campement des morts vivants.

CHAPITRE 23
PHILOSOPHIE DE COMPTOIR

Midi. Odeur de nourriture, couverts qui s'entrechoquent, discussions trop fortes, y a de la vie aujourd'hui. La Sainte-Scolasse est quasi bondée. Tant mieux pour les filles qui triment jour et nuit pour faire fructifier leur affaire... Faut voir comme elles turbinent les frangines.

Je suis accoudée au comptoir, j'attends que ma table se libère, un couple de vieux l'occupe. Je joue avec deux cacahuètes, la tête posée sur la paume de ma main droite. « Mais pourquoi tu ne veux pas t'installer là-bas ? » me demande Juliette en secouant la tête et en désignant du doigt la table vide près de la porte des cabinets. Je jette un coup d'œil rapide, je hoche la tête de gauche à droite. « Je ne souhaite pas être dans le courant d'air des latrines ». Je retourne jouer avec l'ami *Cahuètes, c'est moi qui fais la tête...*

Juliette sert un café aux deux gars appuyés contre le bar ; un homme d'une trentaine d'années, en costard cravate, et un autre d'une cinquantaine d'années, pull en laine et pantalon en velours... comme d'hab, je laisse traîner une oreille. Le bar, les restaurants, les fumoirs, tous les coins fréquentés, en France comme à l'étranger, alimentent mes papiers.

— Mais regarde où nous en sommes bordel. En période de guerre, ça prend parti pour l'un ou l'autre des pays, comme s'ils pariaient sur leur équipe de foot préférée au PMU du coin...

— Non mais tonton, faut se rendre à l'évidence, les Russes sont vraiment…

— … Tais-toi donc, dans une guerre, y a pas de gentils, y a pas de méchants, y a que la guerre, avec ce qui en découle : des massacres, de la violence, des morts… Tout est fait pour faire peur, la peur c'est le contrôle, le contrôle, c'est la suppression des libertés au bénéfice de la sécurité…

— Que va-t-il se passer par la suite, si les gens se rendent compte qu'ils se font retourner le cerveau ? L'anarchie ?

— Et ? Ça serait une mauvaise chose à ton avis ? Aujourd'hui, notre trou de balle ressemble au puits de Colas. Le changement s'effectue dans la douleur, c'est comme ça…

— Mais, je n'ai pas envie de le perdre, mon confort… Je n'ai pas envie de douleur, je suis bien comme ça et j'ai le droit…

— OK, tu décides, comme beaucoup, de ne pas t'informer correctement car tu as peur, et que tu as d'autres chats à fouetter… tu préfères te divertir, scroller les réseaux ; sortir pour prendre l'apéro avec ou sans attestation ; regarder la dernière série sur Netflix ; rester dans le rang, toujours… Ne jamais perdre de vue le troupeau, même s'il se dirige tout droit vers la falaise ; ne jamais nourrir sa tête, autant rester bête… Il y a pas plus heureux que les idiots, ça, c'est certain…

— Tu me traites d'idiot ?

— Ai-je réellement besoin de le faire ?

— T'es un complotiste…

— Ah ! Je l'attendais celle-là… le mot magique

qui coupe net à tout débat. Le complotisme, tu l'emploies sans même savoir ce que c'est réellement. Je ne « plote » personne, moi.

Discussion typique, on ne s'écoute plus, on ne débat plus, on se bat, à qui aura raison, à qui aura tort... Je bois une gorgée de Singani... « L'abus d'alcool est dangereux pour la santé ». Bientôt va y avoir des spots pour nous expliquer comment nous torcher correctement la rondelle.

Les vieux libèrent enfin ma table... D'un pas pressé et décidé, avant de me la faire de nouveau piquer, je me dirige vers MA table. J'ouvre mon portable et j'effectue quelques recherches... « *Trafics d'enfants, adoptions illégales* », ce que je lis me retourne l'estomac, je ne mangerai pas aujourd'hui.

Certains enfants sont même proposés ouvertement à la prostitution, sur des plateformes de ventes. Je savais tout ça, mais le lire, reste très difficile à digérer. Y a toujours eu des trafics d'humains, mais ceux qui les dénoncent sont vite décrédibilisés, pourquoi ?

Les grandes chaînes d'info ne font pas correctement leur boulot, au lieu de parler de la neige qui tombe sur la Capitale, ils feraient mieux de se focaliser sur les vrais sujets. Mais tout ça n'arrangerait pas les affaires des grands patrons de ces médias. D'ailleurs, c'est quoi cette histoire d'acheter la vérité comme on achète des usines délocalisées en Afrique ? Aujourd'hui, les journaleux cultivent l'art de justifier l'injustifiable, rationaliser l'irrationnel, en bons cerbères de la doxa au service des intérêts financiers. Voilà à quoi servent les « journalistes citoyens », à informer le peuple différemment, être garant de la possibilité du débat. On risque de me taper sur les doigts, mais m'en fous. Faire société, c'est d'abord rejeter l'injustice, il n'y a pas d'existence sereine pour les âmes meurtries.

Quoi faire pour Carine ? La mettre sous protection de témoin… Et qui peut s'en occuper ? Mathias, je lui envoie un SMS pour qu'on puisse se revoir…

« On peut se voir à 15 heures, j'ai pris mon après-midi… » il me répond…

CHAPITRE 24
SEXE, ENTOURLOUPE ET VIDÉOS

Je rejoins mon *galant* en baggy, sweat à capuche, doudoune, écharpe, gants, culotte Petit Bateau, chaussettes en laine, et nez qui coule.

Il est presque 16 heures lorsque mon doigt appuie sur la sonnette de l'appartement de Mathias.

Il n'a pas fait d'efforts lui non plus. Il porte un pantalon de jogg' déformé, et un pull en laine gris. *Oh ! une serpillère, c'est formidable Thérèse*, chaussettes aux pieds, dont une avec un léger trou au niveau du gros orteil gauche. Il traîne nonchalamment les pieds en marchant.

« Tu veux boire un café ? Un thé ? » il me demande.

— J'ai envie d'un chocolat chaud, tu as ça ?

Je pose mes fesses sur son joli canapé confortable. Il me sourit, se rend à la cuisine, toujours en traînant des panards.

En revenant, les mains pourtant occupées à porter le plateau argenté, il parvient, je ne sais comment, à appuyer sur le bouton play de sa chaîne hifi. Une douce musique lounge, *où tu t'allonges*, envahit la pièce. La nuit commence à tomber, mon corps à se dégeler. J'ai la fièvre dans le sang, tu m'comprends, Alain… « Alors ? Quoi de neuf ? » je commence.

— Tu vas encore essayer de me cuisiner ? Fais attention, c'est très chaud… il me dit en me tendant une tasse de chocolat.

— Écoute Mathias, on va passer un deal. Tu veux bien ?

— Dis-moi de quoi il s'agit avant…

— J'ai en ma possession des vidéos de surveillance qui prouvent que Marine abusait des femmes…

— … Je te le répète, tout le monde le savait… comment tu as eu…

— … C'est un détail… les vidéos s'arrêtent la veille du meurtre… Mais j'ai encore mieux que ça… Je sais que Marine trempait également dans du trafic d'humains…

— …

— Tu ne dis plus rien ?

— … Comment tu as appris ça ?

— J'ai mes sources… alors, tu confirmes ?

— Je ne veux pas que tu sois mouillée de près

ou de loin à cette affaire, je crains vraiment pour ta sécurité.

– C'est trop tard Mathias... mais pour mon article j'ai besoin d'infos officielles... Tu me donnes tes infos, je te donne les vidéos... et mieux encore... car je sais ce que tu ne sais pas... mais pour ça, il faudra me promettre de m'aider.

Il pince ses lèvres, soupire... Je ne dis rien, technique du silence. Il se lève, tourne en rond dans son petit salon, passe sa main dans ses cheveux épais... ouvre la bouche pour parler, mais aucun son ne sort de sa gorge... Il tourne une fois encore en rond, passe sa main sur la barbe naissante de son menton... hésite une fois encore.

Et enfin, il se décide à passer à table... Il me dit que, chez le Lomagne, il n'y avait pas uniquement des biftons, il y avait aussi quelques dossiers sur des gens qui cherchaient à adopter illégalement. Ils ont aussi récupéré des vidéos d'enfants, pas jolies à visionner, sur une clef USB, planquée dans le double fond de son sac de sport. *Je me demande si ça ne serait pas un coup de Marine, pour le faire plonger*. Lomagne a parlé, il a dit que Marine et quelques-uns de ses sbires, violaient des femmes, et parfois même les mettaient en cloque. Ils enfermaient les femmes dans une cave jusqu'à ce qu'elles accouchent et leur enlevaient les bébés, pour les proposer à l'adoption, ou pire, à la prostitution. Lomagne voulait arrêter de bosser pour Marine, mais ce dernier l'a menacé. Il s'arrête, soupire, s'assoit près de moi... et comme je ne dis toujours rien, il continue : « Lomagne nous a dit que ces gamins-là étaient adoptés par des gens très bien et surtout très riches. Il a balancé le nom de deux trois gars... Sur les vidéos, on a eu confirmation des dires de Lomagne. On a pu y voir des femmes, certaines enceintes, trois en tout ». *Dans le lot, il devait y avoir Ludmilla et la petite stagiaire, je me dis...* « Le meurtre n'a rien à voir avec le trafic de drogue. Ça fait des années qu'ils opèrent de cette façon-là... On bloque, on ne sait pas qui a commis le crime... »

— Moi je pense savoir, mais rien de sûr.

— Quoi ?

— J'ai un témoin, mais il faut me promettre qu'elle sera protégée, et qu'il ne lui arrivera rien.

— La protection des témoins, ça me connaît... je t'écoute...

Je lui raconte Carine, l'emprise amoureuse, le chantage affectif, la stagiaire, le bébé volé. Je lui dis que Carine, sous le joug de son amant, n'avait pas mesuré l'ampleur des répercussions... que cette fille en a déjà assez bavé comme ça, et qu'elle a été gravement punie toute sa vie, qu'elle ne mérite pas la prison à cause d'une bande de cons. Je lui dis surtout que, même si le frère de la stagiaire avait un mobile et une arme, il n'y a rien qui prouve avec exactitude que ce soit le meurtrier... Mathias m'écoute attentivement. Je tire de mon sac une enveloppe avec les mini cartes SD et une clef USB, comportant toutes les vidéos. « Dans l'une des vidéos, on voit Carine avec l'arme, cette vidéo, je te laisse le soin de la supprimer, bien évidemment... mais ça te prouvera que ce que je te dis est vrai ».

Mathias prend l'enveloppe que je lui tends, et part dans la pièce à côté. J'entends un tiroir s'ouvrir. Il revient vers moi... et il me sort : « Pourquoi tu ne passerais pas les concours pour entrer dans la Police ? »

« Dans la police ? Mais t'es complètement barge, j'suis pas du genre à me soumettre à une autorité, et je perdrais toute crédibilité aux yeux de mon père... »

– Oui, j'entends, mais si tu entrais chez les flics, tu pourrais mener tes enquêtes...

– Je te coupe, les affaires me seraient imposées, je ne pourrais pas choisir les sujets qui m'intéressent.

– T'as pas tort... Bref, je vais recouper tes infos avec les nôtres, je te tiendrai au jus, et, pour ta copine, ne t'inquiète pas.

– Allez, viens donc là, mon petit lapin, je lui dis en le prenant par la main...

J'ai besoin de décompresser, j'ai tout mis sur le tapis, il est temps de prendre du bon temps. Je passe sur les détails de jambes en l'air, ça ne regarde que Mathias et moi. Les voyeurs me donnent qu'une seule envie, celle de leur briser les trois « pattes ». Toujours les mêmes rengaines autour de cet acte sexuel, que deux ou plusieurs personnes consentantes, peu importe le genre, peu importe le sexe, pratiquent ensemble dans la joie, l'excitation et parfois même le vice et la lubricité. Quelle perte de temps que de détailler point par point les baisers mouillés, les frissons, l'accélération cardiaque, les sexes qui bandent, les corps qui transpirent, les bruits de succion, les regards langoureux, les préliminaires-*encore faut-il qu'il y en ait*, la pénétration, la jouissance, l'orgasme-*parfois*, puis l'acte de retrait, le nœud à la capote et c'est terminé, bonne nuit et à demain. Je préfère passer à la suite, plutôt que de m'attarder sur mes relations intimes.

Je l'aime bien Mathias, je saute du coq à l'ail-*aux olives c'est encore meilleur*.

Je l'aime bien car il est loin d'être con, et que le temps passé près de lui est plaisant.

Il est actuellement endormi sur le dos, je me suis calée contre lui, par réflexe, un besoin soudain de tendresse, *bordel*.

J'entends sa respiration profonde, son cœur battre lentement. Je l'aime bien, mais pas de là à me projeter avec lui. Je l'aime trop mon célibat pour prendre le risque de le perdre.

J'ai les yeux qui piquent, les paupières lourdes...

Bientôt, j'aurai 24 piges. L'an prochain, je fêterai mes « Catherinettes »...

Je crois que Juliette et Julie me préparent une surprise, faut dire qu'elles ne sont pas discrètes. Depuis pas loin d'une semaine, dès que je passe la porte de la Sainte-Sco, elles paniquent... Pas difficile de leur tirer les vers du nez, il me suffirait de dire à l'une, que l'autre a fait une boulette et m'a tout avoué, pour que l'une se mette en colère contre l'autre, en disant qu'elle ne sait pas tenir sa langue. Mais à quoi bon ?

CHAPITRE 25
GANGSTER RÉVOLUTIONNAIRE

Lili a confié Ludmilla a un de ses amis. De mon côté, va falloir que je me trouve une autre piaule pour squatter.

Je crèche chez mes potes ; dans des hôtels à petits budgets ; des squats, lorsque ma bourse est vide.

Pedro m'envoie des mandats cash, quand il le peut, ce qui me permet de vivoter.

J'ai passé ma vie à bouger et je ne m'en lasse pas. Grâce à ma mobilité, je rencontre des gens exceptionnels. C'est bien plus amusant de découvrir à chaque fois un nouvel environnement.

Mon appétit insatiable pour la vie libre effraie les gens. Je suis à Paris aujourd'hui, mais demain je peux très bien être à Berlin, en Autriche, en Belgique, Monaco, au Mozambique, au Congo, ou mieux, en Amazonie...

Je ne dis pas que c'est rose tous les jours, mais bordel, la liberté n'est pas monnayable, en voilà, une vérité. Voilà, je ferme la grande parenthèse que je n'ai pas pris le temps d'ouvrir.

Tiens, je viens de recevoir un mail du Poulpe...

Objet : DES NEWS AU SOLEIL
GABRIEL LECOUVREUR
À Gabriella

Gamine,
Je me pose deux minutes pour t'envoyer

cette petite « missive »... C'est bonnard ici, il fait beau et presque chaud. Pedro m'a téléphoné hier et te passe le bonjour, il devrait t'appeler bientôt. Le soir, on prend l'apéro dehors, y a grosso-merdo pas loin de 70 ans de prison autour de la table... On se marre bien. Hier soir, j'ai fini à quatre pattes à vomir dans les cabinets, ça m'a rappelé ma jeunesse. Que tous ceux qui n'aiment pas la chaleur, la mer, le ciel bleu, le soleil, la joie de vivre aillent se faire cuire le cul. J'en oublie mes misères de santé. Je retrouve mes potes de jeunesse, certains faisaient partie d'un groupe de communistes libertaires... Je t'avais dit que lorsque j'étais jeune, j'avais braqué une boulangerie ? On m'a envoyé aux armées disciplinaires... C'est là-bas que j'ai appris à manier les armes... Ah ! les bons souvenirs ! À l'époque on braquait, comme on achète une baguette de pain, c'était dans l'air du temps, si je puis m'exprimer ainsi... j'étais impulsif, je faisais tout ce qui me passait par la tête, tu te reconnaîtras sûrement... J'étais le spécialiste du saignement de nez... Y a Jean-Marc et sa femme Nath, Joël, etc. que des défenseurs des prolétaires, certains s'étaient engagés dans la lutte anti-franquiste anarchiste dans les années 70... contrairement à d'autres militants, ceux qui m'entourent ne se prennent pas trop au sérieux. Donc, rigolades, déconnades, et pas de débats d'idées qui tournent toujours autour du même pot. Certains ont pris un bon coup de vieux... moi y compris, je présume... bref, on ne se prend pas la tronche pour des conneries, on relativise et on se marre. Ah ! la belle époque, on faisait des feux de camp, du camping sauvage, certains jouaient de la guitare, d'autres chantaient, on « festoyait » jusqu'à six sept heures du mat', on ne manifestait pas automatiquement, mais nos revendications étaient louables et on les portait à bout de bras... putain, quand j'y repense, moi qui suis HS quand je dors moins de six heures... je n'ai jamais voulu rentrer dans le cadre, le cadre, ça me fait chier, mais ça tu le sais... Ah ! la belle époque ! T'as pas connu ça, gamine, dans ton pays où la peur était ton quotidien. Je suis tellement content que tu sois en France, et surtout LIBRE, reste-le, quoi qu'il en coûte... Je te raconte tout ça par bribes, ma lettre n'aura peut-être ni queue ni tête... J'ai fumé un pétard, j'suis un chouille défoncé, ça me pousse à taper sur ce clavier, alors que j'aurais préféré que tu sois là, et que tu puisses discuter avec tous ces « vieux cons ». Même si j'ai du mal à parler parce que j'ai les dents qui poussent comme Michel Blanc... Je ne sais pas pourquoi je te raconte tout ça, gamine, un petit coup de nostalgie, je vieillis... et quand on vieillit on se rappelle que des bonnes choses, on oublie les galères passées... Y'a mon pote Paulo qui m'appelle pour taper le carton, alors sur ces quelques mots, je vais devoir te laisser. J'imagine que ton enquête avance comme tu veux, j'espère juste que tu es très prudente...

PS : Faudra que tu me racontes pour Carine. Plus je repense à cette histoire, plus je me dis, que si le frère avait vraiment voulu venger sa sœur, il n'aurait pas attendu trois ans pour le faire... quant à ton SMS, H, serait un politicien véreux, mais personne n'a rien pu prouver pour l'instant. Je n'en sais pas plus...

Le Poulpe.

CHAPITRE 26
LE POULPE – LE RETOUR

Voilà, c'est gagné, Le Poulpe avec sa nostalgie m'a plongée dans mon passé, moins reluisant que le sien...

Il y a vingt-quatre ans, une prostituée m'a mise au monde dans la prison de La Paz. Elle en est morte. En Bolivie, je n'avais pas le temps de me morfondre, ni de m'apitoyer sur mon sort, en me demandant qui était maman. C'est quelques années après ma venue en France, que j'ai commencé à imaginer ma mère. Qui était-elle exactement ? Par quelle étape était-elle passée ? Quelle existence pourrie a-t-elle eue ? Et ce père inconnu, qui était-il ? Suis-je issue d'un viol ? Mon père était-il un client ? Peut-être, était-il européen ? J'imagine également une vie à ce père absent, peut-être est-ce quelqu'un d'important...

Je reviens de loin, et je n'aurai de cesse d'être reconnaissante envers Pedro mais également envers mon ange, Gabriel, qui m'a prise « sous ses ailes ».

Attablée à la Sainte-Sco, j'aperçois Le Poulpe s'avancer vers moi, il fait un petit signe à Julie, il lève deux doigts pour passer commande. Il tombe à pic pour « la surprise »...

Il s'est mis sur son trente et un aujourd'hui. Pantalon velours bordeaux, chemise à carreaux verts et bleus, gilet en laine jaune poussin, et son par-dessus en cuir... il porte des chaussures vertes vernies... parfois, je me demande s'il n'est pas daltonien.

Il avance d'un pas assuré, il me sourit, je lui souris, bref, on se sourit. Il s'approche de moi, j'ai cru qu'il voulait me taper la bise, pour une fois, pourquoi pas.

Il me manque lorsqu'il n'est pas dans le coin, c'est con, mais c'est comme ça.

J'aime mon « père », mais je n'ai pas les codes de l'amour filial, je ne lui montre que très rarement mon affection... « Tu n'as pas prolongé ton séjour ? », je lui demande.

— On n'a pas fini l'enquête, il me semble, il me répond en s'asseyant face à moi...

— C'est pas faux...

— Alors, on en est où ?

— J'ai refilé les cartes SD à Mathias, il m'a promis de protéger Carine, j'espère qu'il tiendra parole... Il n'avait pas l'air au courant pour l'arme... les flics sont vraiment des branleurs, mais s'ils font bien leur boulot, on n'aura pas à se déplacer à Lille, car c'est là-bas que le Benoit, frère de la stagiaire crèche, enfin, d'après Carine... J'ai également rencontré, Ludmilla, une Ukrainienne qui squattait dans la colline du crack qui m'a expliqué qu'elle s'était fait engrosser par Marine. Elle a accouché dans le sous-sol du Billy Burger, et le gamin a été enlevé pour être vendu à des richards suisses, comme celui de la petite stagiaire... Un truc de ouf, comme tout s'est enchaîné rapidement...

— Comme je l'ai déjà dit, et écrit me semble-t-il, ça me paraît un peu trop "facile".

— Affirmatif, d'ailleurs, merci pour le mail, j'adore quand tu m'écris d'un bloc, il va falloir que je te fasse une formation express, sur le traitement de texte.

Julie s'approche de nous, avec deux verres de bière sur un plateau. Rien à grailler. Surprise, je la regarde, je hausse les sourcils et je lui sors : « Tu fais ta radine ? »

— Non, du tout, du tout, elle dit en regardant fixement Le Poulpe et en lui faisant les gros yeux.

La discrétion, ce n'est pas son fort... jeux d'acteur de série B... « Pourquoi tu fais c'tte tête ?» Je demande innocemment.

— Euh, c'est moi qui ai dit à Julie de nous apporter deux bières, mais, faut qu'on se casse chez moi, si ça ne te dérange pas. Il bafouille, mon vieux.

— Pourquoi faire ? Je demande en souriant, ni vue ni connue...

— Parce que je veux... te montrer un truc...

— Ahhh... OK

Julie s'éloigne en souriant, elle sautille, ou je rêve ?

— On termine nos binouses, et on décolle, OK ?

Il me raconte en détail ses potes, le soleil, et la mer... me dit à haute voix ce qu'il m'a écrit dans son mail... Il se marre en me racontant quelques anecdotes. Je l'observe, je l'écoute et une chaleur intense envahit mon corps... C'est bon d'être aimée. On termine nos verres. Il sirote la dernière goutte, qui cette fois, n'est pas pour le slip...

Je fous mon ordi dans mon sac, j'enfile ma doudoune, je la zippe. Je fais un petit signe à Julie, je me demande où est Juliette, certainement pas avec Roméo. Vlad se fait discret en ce moment... « À demain », je lui lance, insolente.

Julie me fait un petit signe de main, car avec le pied ça serait ridicule, et on quitte la Sainte-Sco avec mon Gabriel, tout sourire...

CHAPITRE 27
GABY, GABY...
Alors, à quoi ça sert la frite si t'as pas les moules ? [5]

Durant des années, Le Poulpe était domicilié à la Sainte-Sco, fallait bien qu'il ait une adresse... Mais lors du changement de propriétaire, il a dû trouver un logement... L'appartement de Gabriel est tout petit. J'enjambe les piles de journaux, et j'atteins le petit salon, tant bien que mal.

Y a des bouquins et des « *Parisien* » partout ; empilés contre le mur, sur la table de la salle à manger, sous la table de la salle à manger, sur le canapé du salon, sur la table basse du salon, sous la table basse du salon, quelques-uns sont rangés à leur place, à savoir, dans la bibliothèque et certains bouquins servent de cale meubles. Dans mes souvenirs, il y en a même dans les WC... y a de la poussière aussi, ça me fait éternuer... C'est super vintage chez lui, certains moutons doivent avoir plus de trois ans. La platine de disques est installée sur un buffet en contreplaqué, trois portes, dont une qui fait un peu la gueule. Il y a un disque sur le plateau, je m'approche, et jette un coup d'œil rapide, « Bowie – The Collection »...

Gabriel a une télé écran plat des années 2000, il a même un magnétoscope encore fonctionnel. Faut voir la collection de DVD et de cassettes vidéo... majoritairement des pornos. Un de ses potes bossait dans un vidéo-club à l'époque, et lorsqu'il a mis la clef sous la porte, Gabriel a eu toute la collection interdite aux moins de 18 ans pour une bouchée de pain... Je lis quelques titres sur la tranche des boitiers des cassettes, « La guerre des trous de balles », « tous les trous sont permis », « Sodo-man », « Slips tendus et ma main sur ton cul », « La main de ma sœur dans la culotte d'un zouave », quelle imagination ! De tels titres me donneraient presque envie de visionner un ou deux passages...

Un ventilateur instable est fixé au plafond. « Pas bon de rester là-dessous », je lance à Gabriel.

— L'été, c'est bien pratique, et quand tu auras fini de faire l'état des lieux de ma garçonnière, tu me feras signe.

Juste pour le fun, et parce que j'aime le risque, je tire sur la petite chaînette accrochée sous le ventilateur… les hélices brassent l'air lentement. Je tire une deuxième fois, les v'là qui s'activent plus rapidement, une troisième fois, j'ai l'impression que le bordel va se faire la malle, comme sa vieille machine à laver, dans sa cuisine, qui se balade lorsqu'elle passe en position essorage. J'actionne une dernière fois la chaînette, le ventilateur s'arrête. « Elle s'amuse bien la gamine ? Je vais investir pour t'en offrir un l'an prochain » me sort Gabriel.

— Et je l'installerai où ? je réponds en riant.

— Je serais bien tenté de répondre dans ton…

— … T'es lourd…

— J'suis pas souvent ici, comme tu peux le voir, c'est un peu le merdier.

— Tu ne m'as pas invitée pour faire le ménage, j'espère ? J'ai vécu dans des endroits bien pires qu'ici… j'aime bien ce côté Diogène vintage VS poussière… Tu voulais me dire quoi au fait ?

— Je vais repartir quelques jours sur la côte. Tu m'as dit que Lili te foutait à la porte et…

— … Non, elle ne me fout pas à la porte, c'est juste qu'elle va accueillir sa famille…

— Ça revient au même… donc je peux te proposer de venir t'installer ici quelques jours, si tu veux. Tu pourras t'amuser avec mon ventilateur.

— Bien, je vais y réfléchir… je pense que je vais bouger un peu… des envies de quitter Paris me trottent dans la tête… et qu'est-ce que tu voulais me montrer ?

Gabriel scrute son appartement d'un coup d'œil, comme s'il le découvrait pour la première fois. Il s'approche du meuble bas, sous la chaîne IFI, ouvre la porte de gauche, je peux entrapercevoir des piles de carnets. Il sort un petit paquet cadeau... Tout penaud, il me tend le paquet. Je me demande qui de nous deux est le plus gêné... « C'est pour moi ? » je lui demande surprise. Il hoche la tête, sourit et me dit : « Non, c'est pour le Pape... » J'ouvre le paquet, il y a une petite boîte en bois et, à l'intérieur, un magnifique couteau. « C'est pour compléter ta collection, c'est une lame de La Vallée Dorée, Le Vernissé qu'il s'appelle. Et essaie de ne pas trancher tout Panam, cette fois ! »

Le couteau est magnifique. Juste assez grand pour ne pas dépasser la paume de ma main. « Je vais nous chercher une bière. » Il me laisse seule quelques secondes dans la petite salle à manger... Il revient, le dos un peu vouté, il me tend une binouse...

Mon téléphone vibre « Carine ». Je décroche rapidement et mets le haut-parleur... Le Poulpe s'installe sur le canapé, attaque sa bière... tout ouï...

« Allo, Gabriella, c'est Carine, euh... Benoit m'a appelée, il était en panique, il veut que j'héberge sa sœur, j'ai dit que je ne pouvais pas, mais, il s'est mis à gueuler qu'il s'en foutait, qu'il fallait que je prenne quand même sa sœur avec moi. Il était énervé, mais pas comme d'habitude, il flippait, ça s'entendait... mais il ne s'inquiète pas pour lui, il a peur pour sa sœur... » Carine parle vite, avec des sanglots dans la voix...

— Calme-toi, je comprends, mais c'est un grand

manipulateur, peut-être cherche-t-il à savoir où tu es...

— Je lui ai dit que j'étais Quartier Sainte Marthe, il m'a dit qu'il était pisté par un flic qui s'est pointé à Lille.

Contre toute attente, je me dis qu'il est finalement très perspicace mon petit lapin... Mais cet empafé n'a pas tenu sa promesse, la Carine n'est toujours pas sous protection ni sous écoute téléphonique, visiblement... Elle continue :

— Il m'a dit qu'il faut absolument protéger sa sœur... J'ai demandé pourquoi ? et là... il m'a dit, en pleurant, qu'il était parti pour flinguer Marine, que la frangine l'a su, du coup, elle l'a suivi en cachette... Une fois sur place, il a tabassé Marine mais, au moment de tirer, il n'a pas pu, il a eu une vision de son père... Il s'est retrouvé prostré, et, c'est à ce moment-là, que la gamine s'est pointée, Marine était au sol, recouvert de sang. La sœur a pris l'arme, et lorsque Marine a repris connaissance, elle lui a collé deux bastos dans la tête... du moins, c'est ce qu'il m'a dit...

— Plus compliquée que prévu cette histoire...

— ... Je t'assure, il ne ment pas, il avait l'air sobre cette fois, mais vraiment paniqué, je te jure... Il m'a dit « Je ne peux pas la laisser tomber cette fois »... J'sais plus quoi faire. En plus, il m'a dit qu'il t'avait envoyé un mail de menace...

Le Poulpe me regarde, fronce les sourcils, et me chuchote « Quel mail ? » Je lui fais un mouvement de main pour lui demander de se taire... « Quel mail ? » je demande à Carine...

— Je n'ai pas trop saisi, mais il t'aurait écrit

d'arrêter tes recherches sur Marine, il pense que tu es de mèche avec les flics et que tu les aides pour retrouver la piste du tueur. En bon parano-complotiste, il a dû effectuer une recherche sur toi...

— Une complotiste de mèche avec les flics ? n'importe quoi... bref... continue...

— Continuer quoi ? Je viens de tout te déballer... Qu'est-ce que je dois faire ?

— Tu lui as dit quoi pour la frangine...

— Euh... qu'elle pouvait me rejoindre ici. Il m'a dit qu'il avait pris deux billets pour Paris et que le train arriverait Gare du Nord, dans deux heures environ...

Le Poulpe me regarde, il indique de son index, une montre invisible et me chuchote « Euh, on doit y aller là... »

— On a deux heures devant nous. On va trouver une solution, Carine... reste où tu es...

— Mais je flippe, s'il pète un câble... s'ils ont encore l'arme... me dit-elle en pleurant...

— Les flics sont informés de ton existence et de ton implication...

— ... Mais, Gabriella, tu m'avais dit...

— ... Laisse-moi terminer... si tu es encore dans le squat, c'est qu'ils estiment que tu ne risques rien... je t'ai dit que tu serais protégée, mais les coupables doivent être jugés, espérons qu'ils seront cléments avec la stagiaire.

— Et moi ? Il va m'arriver quoi ? tu crois que je vais pouvoir partir en Ardèche ?

— Logiquement, tu seras citée en tant que témoin... Je dois te laisser, garde ton calme.

Je raccroche sans laisser Carine poursuivre, même si je sais que tout cela est dur à encaisser, je ne suis pas si psychologue, après tout.

Je jette un coup d'œil vers Le Poulpe, au début, je croyais qu'il pionçait, mais en fait, il réfléchissait... « Faut avertir Mathias... faut qu'il se pointe à la gare... » Mon téléphone de nouveau collé à l'oreille droite, je lève les yeux au ciel... « Allo, Mathias, c'est moi, rappelle-moi, c'est urgent ». Putain de répondeur.

« On s'arrache, faut que je récupère un truc à la Sainte-Sco » me sort Gabriel.

— Mais qu'est-ce qu'on fait si Mathias ne me rappelle pas ?

— L'amoureux transi ? Je ne lui laisse même pas dix minutes avant qu'il te rappelle...

5 - *Gaby oh Gaby,* chanson d'Alain Bashung. N.d.A, histoire que tu la fredonnes encore cette nuit...

CHAPITRE 28
HAPPY BIRTHDAY TO ME

Je garde mon téléphone dans la main droite. Gabriel marche d'un pas assuré, v'là qu'il se remet à neiger. « Quel temps de merde... » il sort, en manquant de glisser sur le trottoir gelé.

La voiture n'a pas eu le temps de givrer, tant mieux, il n'aura pas à pisser sur la serrure de la portière pour enfoncer sa clef. Je n'arrive pas à penser à autre chose qu'à Carine, et Mathias qui ne me rappelle pas, le temps me paraît long, l'adrénaline qui monte, puis, la peur, puis, l'excitation de nouveau, je finis par décrocher, mes pensées s'embrouillent et partent dans tous les sens... comme à mon « habitude », je lâche prise et je divague...

C'est quand même du luxe de prendre la caisse pour se déplacer, surtout à Paris. En province, ils n'ont pas le choix... on oublie qu'il y a des gens qui vivent ailleurs que dans la Capitale... dire qu'en 2025, ça va être un brave merdier, seuls les plus riches pourront rouler dans leur jolie voiture électrique toute neuve, pour les autres, ça sera le bus ou le métro... et pour les pauvres conducteurs, ceux qui n'auront pas leur vignette Crit'Air collée sur le pare-brise, amende de 68 euros... L'avenir s'annonce moche, j'suis certaine qu'on va finir par nous demander une attestation de circulation pour aller chercher notre pain le matin, oups, ça, c'est déjà fait... n'tourne pas rond le monde, n'tourne pas rond...

Les premiers accords de « *historia De Un Amor* » de Manuel Malou résonnent dans l'habitacle de la voiture. Je décroche. « Ouais Mathias, je n'ai pas le temps de m'étaler, faut que tu te pointes à la gare dans moins de deux heures, y a le frère et la stagiaire qui se pointent. Ils veulent rejoindre Carine au squat pour se cacher... mais ce n'est pas le frère qui a buté Marine, c'est la fille qui est passé à l'acte... »

— Attends, tu vas trop vite... quoi la fille ? quoi la gare ? quelle gare ? On a retrouvé l'arme, chez le frère qui s'avère faire partie de la bande de H... et toi tu me dis qu'il est à la gare, où ? à Paris ?

— Gare du Nord exactement... Tiens, bande de H... déjà entendu quelque part... bref, je vais te résumer rapidos. Carine m'a appelée, d'ailleurs bravo pour la protection... elle m'a dit que le frère l'avait contactée, il lui a raconté qu'il s'était pointé au Billy B pour buter Marine...

— Ouais ça on le sait, je t'ai dit que...

— Oh ta gueule ! Laisse-moi terminer... donc le mec se pointe, il bastonne Marine... mais au moment où il pointe son arme, impossible de tirer...

— ... C'est un peu facile.

— Mais, tu arrêtes de m'interrompre, on ne va pas y passer la nuit, bordel... au moment de passer à l'acte, il peut pas, mais la frangine arrive, pique l'arme à son frère, et plante deux bastos dans la tronche de Marine... le reste, tu le sais...

— Et si le frère voulait inculper sa sœur à sa place ? T'y as pensé ?

— Impossible, il ne serait pas en train d'essayer de la cacher, il se serait barré tout seul. JE TE DIS QUE C'EST LA FRANGINE QUI L'A BUTÉ… mais ce n'est pas une meurtrière, c'est une victime de la vie. Au moment de l'interrogatoire, posez des questions sur leur passé, la famille etc. Je ne vais pas t'apprendre ton boulot mais je sais que vous n'avez pas l'habitude de faire dans la dentelle, alors, il est temps de mettre un peu de psychologie dans votre pratique… Allez, au boulot… et, pas de bavure, cette fois…

Je coupe mon tel. Je soupire. Le Poulpe sourit. « Qu'est-ce qui te fait marrer ? »

— Tu as personnalisé ta sonnerie avec une chanson d'amour pour ton poulet ?

— Ouais, et alors ?

— Puis, quelle autorité ! C'est toi qui portes la culotte dans le couple ?

— Quel couple ? Et ce n'est pas un peu déplacé de chercher à me contrarier le jour de mon anniversaire ?

— Oh, je déconne ! tu as quelque chose contre la bonne humeur ?

Je tourne ma tête sur le côté droit. C'est Lili que je vois marcher en direction du bar resto… Elle est seule, emmitouflée dans son long manteau en laine, elle a la classe, la gazelle. Mais que fait-elle ici ?… alors qu'il fait nuit… alors qu'elle aurait pu prendre un taxi. Ce qu'elle fait, je le sais, elle va à la « surprise party »… Elle qui n'aime pas trop l'ambiance de la Sainte-Sco, elle doit sacrément m'apprécier pour faire l'effort de venir. « Gab, regarde, c'est Lili », je lance au Poulpe… « Klaxonne et arrête-toi sur le bas-côté, on pourrait lui proposer de la déposer, la pauvre, elle a l'air gelée ». Je dis, avec un semblant de compassion dans la voix.

J'ouvre ma fenêtre, Lili a un casque sur ses oreilles, je gueule « HEY LILI ». Elle ne répond pas, elle avance un peu plus vite, elle doit être en stress, je la connais. Elle fait mine d'écouter de la musique, mais le son est au minimum, afin d'entendre ce qu'il se passe autour d'elle. Elle doit se demander, qui la harcèle à cette heure-ci. Elle accélère encore le pas… Je sors de la tire, je cours derrière elle… On est à quoi ? *Barbie Girl*, à dix minutes à pied, grosso-merdo, du bar-resto… cinq minutes en tire, si on ne compte pas le temps pour trouver une place, et surtout, si on ne tombe pas sur un accident de la route ou une route fermée pour travaux avec une déviation qui ne mène nulle part…

Je pose ma main sur l'épaule de Lili. Elle sursaute… elle se tourne vers moi, le visage déformé par la peur. « C'est moi, relax… qu'est-ce tu fous ici ? » Je lui demande, alors que je connais déjà la réponse.

Elle bafouille, bredouille, gargouille, pétouille, carabistouille, mes couilles. Je retiens un fou rire, car la situation est plutôt comique. Faut voir comme ils essaient tous du mieux qu'ils peuvent de me faire la surprise, comme dans les films… Lili ne peut pas mentir, elle regarde la voiture du Poulpe, en warning, à moins de deux mètres. Elle préfère terminer le trajet en tire, plutôt qu'à pied, je l'ai trop fait flipper.

« Je vais à la Sainte-Sco, je voulais te voir justement », elle me sort.

— Ah c'est dingue, on y va aussi, il n'y a vraiment pas de hasard dans la vie, viens. Je lui dis.

Elle monte dans la voiture, salue Gabriel, qui la salue à son tour. Le Poulpe louche dans son rétro à plusieurs reprises, il mate la copine en loucedé. « Trop jeune pour toi », je lui chuchote. Il soupire et lève les yeux au ciel.

***

Après avoir tourné en rond durant dix minutes trente-sept secondes, nous voilà enfin devant la porte de la Sainte-Sco... le bar paraît fermé, bizarre... *j'ai dit bizarre ? Comme c'est étrange, pourquoi aurais-je dis bizarre* ? [6]

« Je t'en prie, après toi », me sort Le Poulpe, tout sourire... Bordel me v'là dans un film... J'ai un tas de répliques qui se bousculent dans ma caboche. Je pose ma main sur la poignée, et pousse la lourde, lentement. Lili trépigne sur place, comme si c'était elle qui avait tout organisé, alors que je sais, qu'elle a simplement été invitée. Je pense aux cadeaux aussi, pire des cas, si ça ne me plaît pas, je pourrai les revendre sur eBay et me faire un peu de thunes.

À peine ai-je posé un pied sur le carrelage du bar restaurant, qu'une bande de joyeux lurons, se met à hurler « Joyeux anniversaireeeeeee »... « Oh vous me gâtez tous, c'est un beau cadeau, je ne le mérite pas... écoutez c'est trop, mais comment vous remercier ? » Tout ça, en une seconde trente. Gabriel et Lili sont toujours dehors en train de se peler. « On pourrait peut-être entrer maintenant... » me sort Lili en frottant ses mains l'une contre l'autre.

Nous entrons. Julie me saute dessus, entoure ses bras menus autour de mon cou et me sort : « Joyeux anniv ma Belle, j'suis certaine que tu pensais qu'on avait oublié... » Elle a été tellement discrète que, bien évidemment, je ne m'y attendais pas... Juliette arrive à son tour, elle me checke, me sourit et me dit : « Ça ne fait pas loin de quatre ans qu'on se connaît, comme le temps passe vite »... je la regarde, et lui sort en riant : « À ton âge, le temps défile encore plus rapidement »... elle hoche la tête en faisant une petite moue. « Pas tant. » Elle me sort. Vlad s'approche, bourru, il me souhaite un joyeux anniv en me serrant la pince...

Sont tous là... Vlad, Julie, Juliette, Lili, mon Poulpe, Léon, y a même Huguette, même Martine et Sylvie... il manque mon frère et mon grand-père de cœur, je les regrette un peu...

Juliette et Julie ont fait les choses en grand, elles ont décidé de fermer le restaurant, sauf pour les trois femmes habituées, qui risquent de tomber en déprime si quelqu'un décide de chambouler leurs habitudes...

Il y a une grande table, joliment dressée... avec une grande nappe blanc cassé. On s'installe...

Les filles nous apportent le champagne, et plusieurs plateaux de mignardises...

J'ai beau jouer les dures, j'ai une tite émotion qui me parcourt l'échine et qui fait transpirer mon œil droit...

On passe une soirée hors du temps, après le karatoqué… c'est la distribution des cadeaux… On m'offre des trucs rigolos, et du plus sérieux, comme ce téléphone dernier cri, toutes options, ils se sont tous cotisés… ça y'est, j'ai vingt-quatre ans, bordel…

Message de Mathias sur les coups de 22 h : « On les a chopés à la gare, il est gaillard le type mais pas trop de dégâts, ils vont passer la nuit au poste. Merci pour le tuyau ».

Le Poulpe prend connaissance du message en même temps que moi, en lisant au-dessus de mon épaule, il a pris des habitudes qui ne me plaisent guère en mode fouine, je le remballe d'un petit coup de coude dans les côtes.

« Une affaire rondement menée Gamine », il me dit en se frottant le flanc.

— Oui, on a bien mené le rafiot, mais c'est grâce à toi Ô Capitaine ! mon Capitaine ! Je ne suis qu'un humble moussaillon.

— Du coup, c'est à moi de te demander ce qu'il te prend… dit-il, amusé, avant de retourner au bar pour se ravitailler.

La soirée bat son train et, c'est sur les coups de minuit, l'heure du crime, que Mathias apparaît, en costard cravate. Il dénote un peu dans ce décor atypique, puis, il est bien classe pour un mec qui vient d'interpeller des malfrats. Il me fait un petit signe de tête, s'assoit à côté de moi et me chuchote : « Tu n'as quand même pas cru que je raterais ton anniversaire ? J'ai un cadeau pour toi mais faudra que tu me suives chez moi pour le découvrir… »

— Commence par tenir tes promesses avant de me faire miroiter des cadeaux... Carine va bien ?

— Oui, ça ne va pas être simple mais elle va bien et Carine est en sécurité maintenant. On est toujours sur la piste de H, apparemment il serait la tête pensante du réseau...

Qui est ce H... À une heure du mat', je reçois un message de Mario... il ne m'oublie jamais.

Je jette un coup d'œil à la bande qui m'entoure : regarde qui tu fréquentes, je te dirai qui tu es... je dois être quelqu'un de bien en fait, car les gens qui m'entourent sont fidèles, loyaux, honnêtes, et prêt à tout pour leurs amis... Et ça, ça n'a pas de prix... pour le reste y a...

6 - *Drôle de drame*, dialogues de Jacques Prévert

« ÉPILOGUE »

Dix heures et quart, j'entre dans le bar. Juliette s'active derrière son comptoir et Julie dresse les tables. Elles ont une tête aussi ravagée que la mienne. J'ai les douilles comme un balai à macadam. Je m'installe à ma table. Juliette lève les yeux vers moi, chope *Le Parisien*, et me rejoint d'un pas rapide et décidé. Elle me tend le baveux et me dit « T'as lu ça ? »

Je chope le journal et survole l'article... alors que Juliette retourne derrière son comptoir.

« Les tueurs du Billy Burger arrêtés ».

Après une enquête méticuleuse menée par la brigade des mœurs concernant le meurtre de Marine, ancien policier, patron du Billy Burger, situé rue Séguier, le 9 décembre dernier, un homme d'une trentaine d'années et sa sœur cadette, ont été arrêtés, hier, sur les coups de 20 h. L'interpellation a eu lieu Gare du Nord, dans le calme, les suspects ont été mis en examen pour meurtre avec préméditation et complicité de meurtre. L'arme du crime a été retrouvée à leur domicile, à Lille. La jeune femme aurait avoué avoir pris l'arme pour tirer sur la victime. Après une crise clastique au sein des bureaux de police, et après examen psychiatrique, elle a été internée au CAP Bastille, dans le XIe arrondissement de Paris, tôt, ce matin. Elle devra se plier à des examens supplémentaires qui permettront de déterminer sa responsabilité pénale. L'homme, qui plaide la légitime défense, a reconnu son implication et a été mis en examen pour complicité de meurtre. Madame Marine, quant à elle, a pu rentrer chez elle. Un de nos journalistes lui a posé quelques questions, dès sa sortie de l'hôpital, avant qu'un de ses avocats ne s'interpose. Elle compte revendre le Billy Burger et s'installer ailleurs.

Dans l'article, les journalistes ne mentionnent pas le trafic d'humains, ni les viols à répétition... Pourtant, les circonstances atténuantes sont importantes dans cette affaire, ce n'est pas comme si Marine était un enfant de chœur. Vu le nombre de lecteurs que j'ai sur mon blog, ce ne sera pas la première fois qu'un de mes articles pèsera sur certaines décisions judiciaires... Il faut absolument que mon futur papier interfère dans la défense de cette femme.

En ce qui concerne Paule Marine, elle s'en sort plutôt bien, la mégère... si ce n'est pas louche tout ça... Ils vont la laisser partir, alors qu'elle est au minimum complice. Une chose de positive, Carine n'a pas été mentionnée, Mathias a tenu sa promesse et donc, moi aussi.

C'est orgueilleux et peut être prétentieux de ma part de penser que je pourrais avoir le pouvoir de changer les choses. À moi de rédiger un texte assez percutant, pour faire comprendre au lectorat l'impact dévastateur des traumatismes et à quel point, « on ne sait jamais *ce que le passé nous réserve* ».

En Bolivie, certaines femmes se battent pour

atteindre le plus haut sommet des Andes, moi, je me bats pour l'indépendance, la justice et la liberté.

En arrivant à Paris, je me suis rendu compte qu'une femme est rarement prise au sérieux dans ce monde, peu importe sa condition. Carine et les autres ne sont, finalement, pas mieux loties que moi qui suis une immigrée, sans diplôme. Pour tout cela, je dois faire preuve de sororité.

***

Mes notes sont dispatchées sur la table... J'ai plein d'idées, à moi de les rassembler pour trouver la tournure de phrases adéquates.

Le Poulpe entre dans le bar, avec une énorme valise à roulettes. « Salut gamine, Je viens prendre un verre avant de prendre mon avion, et te donner la clef de mon gourbi. Tu fais comme chez toi, mais n'oublie pas que c'est chez moi... Alors ? Elle commence bien ta vingt-cinquième année ?» Je bloque sur sa valoche en tissu bleu marine avec des carreaux verts...

— Oh la vache, elle est énorme ta valise, vu ce que tu portes, je ne pensais pas que tu avais autant de fringues...

— Niveau garde-robe, j'ai deux futes, un pull, trois calebars, deux paires de chaussettes et un ciré, car on va peut-être pouvoir faire un stage de pêche en haute mer... J'ai donc pris mon nécessaire de pêche, mes boules de pétanque porte-bonheur, mon nerf de bœuf, parce qu'on « ne sait jamais », mes deux haltères car j'ai décidé de me tenir en forme... et enfin, du Brie de Melun pour les copains...

Il saisit *Le Parisien*. « Je ne savais pas que tu t'étais mise au papier, t'as plus de batterie ? »

– C'est Juliette qui me l'a apporté, y a un article sur l'affaire Marine. Je vais commencer une collection d'articles de presse sur les affaires que nous avons résolues…

– Pauv' gamine, elle risque de prendre perpette…

– Justement, il faut maintenant que je m'attelle à la rédaction de l'article pour mon blog, afin d'apporter des circonstances atténuantes qui pèseront, peut-être, dans la balance…

Le Poulpe termine sa bière d'un trait, il se lève d'un bond et me sort : « Bordel, mais j'suis à la bourre, je n'avais pas vu l'heure. Doit rester quelques restes de bouffe dans le frigo… Prends soin de toi, on s'appelle… » Je le regarde s'éloigner. Bien envie de prendre quelques jours moi aussi… J'hésite encore sur la destination…

On verra ça plus tard… en attendant, faut que j'attaque et termine cet article.

Je reprends mes notes, j'ouvre mon ordi, batterie à bloc…

« Harcèlement des femmes et agressions sexuelles. Marine, trafics d'humains. Dénoncer ledit trafic, quitte à ce que je sois, une fois encore, traitée d'allumée. Quitte à ce qu'une fois encore on ne me croit pas… »

Voilà, c'est parti mon kiki, et je tape tape tape, je tape sur mon clavier, comme d'autres *tapent dans leurs mains c'est leur façon d'aimer*, ou comme il *tape sur des bambous et c'est numéro 1…*

Faut que je demande à Juliette de couper radio Nostalgie.

J'alimente avec photos, et vidéos, même si Le Poulpe et Mathias me l'ont fortement déconseillé. Qu'on vienne me chercher, je suis prête à me défendre...

À chaque fois que je termine un sujet en béton armé, je me sens aussi inutile qu'un moule à faire les œufs carrés. C'est pour ça qu'il est temps pour moi, de mettre les voiles et de décompresser.

***

Juliette s'approche de moi. Je suis en pleine rédaction, mes doigts dansent sur le clavier. Je la vois arriver dans mon champ de vision, ce n'est pas le moment de me déranger et pourtant, je me dis que ça sera l'occasion de mettre en pause mon récit et de retarder la tragédie du mot « fin »...

« Tout se passe comme tu veux ? » elle me demande... Je lève les yeux de mon écran... je hoche la tête de bas en haut. « Tu veux que je t'apporte un verre ? »

— Non merci, c'est gentil, jamais pendant le service...

— Je croyais que l'alcool libérait les mots, chez les écrivains...

— Je ne suis pas écrivaine, et c'est une légende, l'alcool ramollit le ciboulot, et, sous emprise du « pousse-au-crime », on ne pond rien de bon.

— Bien... je reste à ta disposition si tu as besoin de quoi que ce soit...

Je relis une dernière fois mon article...

« Il ne s'agit, que de ma propre vision des choses... à bientôt pour de nouvelles aventures. » Je balaye du regard le bar de la Sainte-Sco.

Où serai-je demain ?

REMERCIEMENTS
Sab, pour son soutien, sa patience et ses relectures.
Serguei DOUNOVETZ et Jean-Christophe LOPEZ pour leur confiance.

Déjà parus

Le Poulpe
La petite écuyère a cafté, Jean Bernard Pouy
Un trou dans la zone, Franck Pavloff
La bonne a tout fait, Franz Bartelt

La fille du Poulpe
Les cols des Amériques, Thomas Cantaloube
Faut pas prendre les enfants de la rue pour des connards sauvages, Maryssa Rachel

À *paraître* octobre 2024

La fille du Poulpe
Les deux font le père, Jean Bernard Pouy
Des clics et des claques, Dominique Sylvain

Le Poulpe
La Belge et la bête, Bruce Mayence

Imprimé en France par
CPI Bussière
en mai 2024
N° d'impression : 2078396
Dépôt légal : juin 2024